당신이 떳떳하다면, 당신이 성실했다면,
당신이 손을 내밀어 사과하고
거절된 말을 하지 않았다면
울며 세상을 탓해도 됩니다.
그대가 잘못한 것은 하나도 없어
투정을 부려도 다 괜찮습니다.

- 신하경 묻힘

세상에서
제일 다정한
이야기

신하영 에세이

세상에서
제일 다정한
이야기

신하영 에세이

차례

사랑에 젖어 녹아버린 사람

2

우린 무엇이 그리 슬펐을까요 울지도 못하면서

3

사랑할 수밖에 없는 인생

힘내라는 말을 연구합니다

언젠가부터 힘내라는 말을 아끼기 시작했다. 누군가가 나에게 "힘내!"라고 했을 때 단 한 번도 힘이 난 적이 없기 때문이다. 파이팅도 마찬가지. 나는 인간이 하는 응원이 힘내와 파이팅으로 국한된다는 것이 썩 마음에 들지 않았다. 더 따듯하게 위로받고 싶은 욕심에 그만 심술이 난 것이다. 그래서 홀로 힘내라는 말을 연구하리라 마음먹었다. 깊이 생각하다 보면 분명 더 좋은 표현을 할 수 있을 거라는 확신이 들어서다.

어설픈 공감이나 가식적인 리액션은 김을 더 빠지게 만들 뿐. 안 하는 것보다 못하니 앞으로 더 많은 사람을 위로할 나에게 이 연구는 아주 중요한 일이었다. 그 후로 좋은 생각이 날 때마다 메모장에 단어를 적었다. 근데 왜 하나같이 마음에 안 드는지,

대체 어떤 말로 에너지를 줄 수 있을까 오랜 시간을 고민했다.

언젠가 당신이 나에게 위로를 바란 적이 있었다. 일이 너무 힘들고 이별까지 해서 삶에 낙이 없다고. 눈꼬리가 축 내려가 있던 당신은 아마 따뜻한 말이 듣고 싶었을 것이다. 조용히 경청하다 한 번 울었냐고 물었다. 울지 않았다는 말에 "그럴 땐 울어도 돼요."라고 말하니 눈 안에 물기가 그렁그렁 차기 시작했다.

우세요, 우세요. 우는 게 뭐 어때서요.

그렇게 그대를 달래주고 아껴두었던 말을 슬그머니 꺼내어본다.

"그래도 대견하네요. 여태 애쓰셨습니다."

대견하고 애썼다라…. 내가 어떻게 이런 말을 하게 됐을까?

사실 이 말은 내게 가장 필요한 말이었다. 사람 사는 거 다 똑같은데 내가 듣고 싶은 말이 그들에게도 필요하지 않을까 싶었던 거다. 그것 말고도 불행에는 총량이 있다는 말과 앞으로 두려울 것이 없을 거라는 말 등. 나는 최대한 힘을 내자는 말을 피해 위로를 건넸고 다시 힘차게 세상을 살아가는 당신을 보며 응원을 연구한 보람을 느끼기도 했다.

이런 고집은 비단 독자뿐만 아니라 사랑하는 사람에게도 영향을 끼쳤다. 사랑하는 당신이 힘들면 나는 소매를 단단히 걷고 자세를 고쳐 앉는다. 작가라는 직업 특성상 좋은 말을 해주려는 습관이 있지만, '그래도 내가 듣는 건 잘하지!' 하며 경청을 자처하는 것이다. 당신도 알겠지만 우린 어떤 말을 듣고 싶어서가 아니라 이야기를 토로할 상대가 절실했을 뿐이다. 그런 대상이 하염없이 들어주고 힘내라는 말이 아닌 사랑한다거나 언제든 기대라는 말을 한다면 그것만큼 큰 위로도 없을 것이다.

이렇듯 내가 전하는 위로의 색을 진중히 살펴볼 때가 있다. 혹시 도장을 찍듯 글을 쓰고 있지 않은지, 마음에도 없는 소리를 하고 있지 않은지 자기검열을 하는 것이다. 이 행동이 꽤 뻣뻣하게 보일지라도 나는 당신에게 무한히 다정하고 싶기에 어쩔 수 없는 노릇이다. 다정에도 연습이 필요하다던데 정말 맞다. 해본 사람이 안다고 앞으로 이 연구를 멈추지 않고 꾸준히 탐구하여 다채로운 말로 위안을 주고 싶다. 그런 의미에서 말한다. 내 모든 문장에는 사랑이 담겨있다고. 이 온기가 당신에게 조금이나마 전해진다면 그걸로 족하다. 그리고 이 책을 덮었을 때 구겨진 마음이 조금이라도 펴졌다면 나에게 꼭 이 말을 전해주길 바란다.

"대견해요. 그리고 참 애썼습니다."

당신에게 이 메시지를 받는다면 나는 눈물을 흘릴까?

이 글을 쓰고 있는 지금도 마음이 울렁거리는 걸 보면 정말 울지도 모르겠다. 저 문장은 그대와 나의 시그널. 우리 앞으로 파이팅과 힘내보단 나만 할 수 있는 말로 누군갈 위로해보자. 나도 별 볼 일 없는 사람인데 이렇게 뻔뻔히 그대를 응원을 하고 있지 않은가. 다정과 위로에는 그 어떤 자격도 필요 없다. 그 예쁜 입으로 온도를 전해보자. 우리 그렇게 세상에서 제일 다정한 사람이 되자.

당신을 위로하는 것이 제게 가장 큰 기쁨입니다.
이 책에서 우린 자주 대화를 나눌 거예요.
아무쪼록 잘 부탁드리겠습니다.

사랑에
젖어
녹아버린 사람

사랑은 가끔 나를 죽이기도 하지만
모든 환멸을 잠식시키고
다시 세상을 살아갈 힘을 주는 유일무이한 감정이다.
그러므로 나는 살고 싶어 사랑을 한다.
살아서 당신과 마주하기 위해 사랑을 한다.

다정한 구원

나는 이야기를 들어주는 사람이 좋다. 별 볼 일 없는 일이라도 들여다봐 주고, 박수를 쳐주고 두 팔을 벌리는 다정함을 지닌 사람. 그런 사람은 포근하고 기분 좋은 온기를 가지고 있어 주변 사람을 행복하게 만든다. 살다 보니 상냥하다고 피해를 보는 건 아니더라. 호의를 베푸는 게 사랑을 하는 것처럼 온 마음을 쓰는 건 아니니 가벼운 배려와 선행은 또 다른 친절을 낳고 좋은 사람을 곁에 두게 한다.

그러니까, 나는 줄곧 그런 사람이 되고 싶었다. 스쳐 지나간 말을 기억하고 세상이 몰라주는 것을 알아주는 사람. 그렇게 상대를 바라보고 귀를 열어 두다 보면 저 멀리서도 온기가 느껴지는 어른이 될 수 있지 않을까?

이런 마음을 오랫동안 갖다 보니 나도 자연스레 상냥한 사람을 바라게 되었다. 사람들이 모르는 내 노고와 아픔을 이해한 당신이 어느 벤치에서 어깨를 토닥이며 그동안 잘 버텨왔다고 말해준다면 나는 벅찬 마음을 느끼며 울음을 터트릴지도 모른다. 아직 내게서 먼일이지만, 나는 종종 마음속으로 이런 위로를 상상하곤 한다.

이 삭막한 세상에서 자신을 지키는 것도 중요하지만, 타인에게 친절을 베풀고 포용력이 있는 사람이 더 강한 내실을 가지고 있다고 생각한다. 그들은 모든 불행과 슬픔을 감내하고도 사랑을 택한 거니까. 이렇듯, 다정은 막무가내로 옳다고 말할 수 있을 만큼의 힘을 가지고 있다. 어느 누군가는 다정함만이 구원이라고 말하니 우리는 외로움을 자처하면서도 끝없는 온기를 그리워하는 사람인 것 같기도 하다.

당신은 다정한 사람인가. 나는 늘 다정하려고 애를 쓰지만 가끔은 누군가의 돌봄이 그리운 사람인데. 당신은 우울을 전염시키는 사람인가. 아니면 세세한 것을 알아보며 위로를 전달하는 사람인가. 당신도 나처럼 대가없는 다정이 필요한 사람이라면 나부터 먼저 경청하고 공감하는 사람이 되자. 선한 마음은 언젠가 부메랑처럼 돌아오기 마련이니 존중 받을 때가 머지않아 올 것이다.

우리만 아는 사랑

    사실, 둘이서 유쾌하면 그만이다. 아무도 몰라도 우리끼리만 알면 아무렴 상관이 없는 것이다. 술을 마시지 않아도 취한 것처럼 시간을 보내고 다음 날 일어나면 사진첩에는 행복이 덕지덕지 묻은 익살스러운 사진이 가득하다. 부은 눈을 비비며 잘 잤냐는 톡을 건네고 샤워를 하고 나오면 그동안 쌓였던 마음의 응어리가 소리 없이 사라진 듯한 기분이 든다. 어느 한쪽이 저돌적이라면 오늘도 밥을 먹자고 달려들 것이다. 조금 피곤해도 좋다. 이렇게 하루 더 논다고 일상이 뒤틀리진 않으니까. 그렇게 마주한 채 저녁을 먹고, 시답지 않은 이야기를 나누며 산책을 하다 종종 가벼운 키스도 한다. 헤어지기 아쉬운 마음은 오늘 집을 나설 때부터 들었으니 달빛이 그리 반갑진 않을 테다.

잡은 손을 놓아야 할 때. 손가락 끝의 감촉이 아쉽지만, 우리에게 가진 건 시간뿐이니 이쯤에서 돌아가는 걸로 한다.

밤 열 한 시쯤.

집으로 돌아가는 그의 표정은 완전 바보다.

그러니까, 좋아하는 사람과의 시간은 가끔 사람을 바보처럼 만들어 멍청하게 웃게 하고 지독했던 불행도 까마득히 잊게 만든다. 무엇이든 이유가 있어야 움직이는 삶에서 사랑은 하기 싫은 일을 끝마쳐야 하는 이유를 알려주고, 건강해야 하는 이유를 만들어주고, 살아가게 하는 근거를 제시해준다. 오롯이 둘만 아는 시간이 이렇게나 작고 소중한 것이다. 눈만 마주쳐도 광대가 올라가고, 사람들이 많은 곳에서도 한 점 부끄럼 없이 서로의 허리 감쌀 수 있을 때 일상은 한 계단 올라가 하늘과 가까워진다. 지금 이 마음은 생에 쉽게 오지 않는 진지함이 곁들어있기에 안일해지지 않겠다는 다짐을 되뇌며 집으로 돌아간다. 이 넓은 세상에서 억겁의 선택이 쌓여 만난 두 사람. 고향이 아닌 곳에 돌아갈 곳이 있다는 사실만으로도 삶의 균형은 잡힌다.

나의 안식. 나의 이불. 나의 가을 같은 말로 형용할 수 있는 그들은 지금 사랑을 하고 있다.

아무도 몰라도 되는 둘만 아는 사랑을.

낡은 전구

"나도 간간이 슬퍼"

그가 이런 말을 할지 누가 알았겠나. 밝은 사람은 전구처럼 항상 빛나야 하니 스스로 불을 끌 수 없다. 나이가 들면서 책임질 것이 많아지면 울지 않아야 한다는 사명감이 소리 없이 우릴 감싼다. 그는 절망하고 슬퍼하는 방법을 몰라서가 아니라 슬퍼하면 안 되었기 때문에 울상을 지을 수 없었을 것이다. 그녀는 아무런 표정 변화 없이 슬펐다고 말하는 그의 모습에 잠깐 숨이 멈추는 듯한 느낌이 들었다.

"요즘 많이 우울해?"
"응. 행복하지 않은 것 같아 요즘."

아, 사람은 너무 이기적이다. 착한 당신도 나도.

아무리 사랑하는 사이라도 우린 나의 감정이 우선이다. 내가 슬프고 아프면 전부 당신 탓이니까. 허나 지금 내 앞에 있는 이 사람도 좌절을 느끼고 눈물을 흘릴 수 있는 사람이었다. 물론 표현하지 않았던 그의 고집도 있겠지만, 이 사람은 항상 괜찮을 거라는 안일한 마음이 너무나 이질적이고 못나게 보여 저도 모르게 두 손으로 입을 가려버렸다. 그리고 진심을 다해 미안하다고 말한다. 너의 슬픔을 이해하려는 시도조차 하지 않았다면서.

우린 모든 감정을 표출하며 살 수 없다. 그것 또한 이기심이고 횡포이니 도려 포기하는 쪽을 택하는 것이다. 하지만 내 사람에게만큼은 기댈 수 있고 물을 수 있으며 암묵적으로 슬픔을 이해해 줄 수 있지 않을까. 안부는 멀리 있는 사람이 아닌 가까운 사람에게 먼저 여쭈어야 한다. 슬픔과 우울은 일상 어느 곳에나 존재하고 있으니 타이밍이 맞다면 당신은 상대에게 무지막지한 안온이 될 수 있을 것이다.

항상 밝았던 그이도 어느 날은 누구보다 슬퍼질 수 있다는 걸 기억하자. 그는 행복했지만 불행했다.

그는 낡은 전구처럼 점점 빛을 잃어가고 있었다.

고독의 목덜미

결국, 외로움이 적은 사람이 승리한다. 갈구의 끝에는 아무것도 없음을 알기에 지금 당장 사랑하지 않아도 괜찮은 사람이 끝끝내 고독의 모가지를 비튼다. 비단 사랑뿐 만이랴, 공허함은 분명 사람이 아닌 것으로도 채워질 수 있는데 관계에만 갈증을 느낀다면 못난 사람이 구걸하는 것과 다름없을 것이다. 그래서 우리는 인간이 아닌 다른 것에 애(愛)를 가져야 한다.

사람은 자기가 좋아하는 것을 할 때 제일 사랑스럽다. 외로움을 느끼지 않고 묵묵히 자신의 취향을 추구하는 사람이 타인에게 매력적으로 보이는 것이다. 좋아하는 걸 할 때 미소를 짓고 그 미소에 애정이 싹튼다. 열정적인 사람에게 호감이 생기고 무기력하고 우울한 이에게는 일말의 동정이 전부다. 동정이 사랑이던가? 그것은 도려 외로움만 깊게 하기에 복숭앗빛 얼굴을 잿빛으로 바뀌게끔 할 뿐이다.

　그러니까, 외롭지 않게 살다 보면 사랑도 찾아오더라. 외로워도 그것이 삶에 대한 외로움인지 아니면 인연에 대한 외로움인지 필히 알아야 한다. 고독도 취하는 것이라 비틀비틀 걷다 보면 우린 흙탕물에 빠지게 될 것이다. 축축하고 퀴퀴한 당신을 과연 누가 구해줄 것인가. 맑은 시야로 똑바르게 걷자. 연민으로 애정을 갈구하지 않으며 고독의 목덜미를 씹어 먹는 사람이 되면 우리는 마주한 길 앞에서 반드시 빛나는 인연을 만날 것이다.

충분히 외로워하세요.
다만, 잡아먹히진 말자고요.
언제든 쓸쓸함의 숨통을 끊을 수 있는 몰입을 준비하세요.

서울에선 별을 볼 수 없습니다

이따금씩 나는 그대를 별이라고 생각했다. 그러니까, 고개만 올리면 볼 수 있는 그런 별이 아닌 퀴퀴한 도시에서 조금은 외곽으로 차를 타고 가야 볼 수 있는 그런 존재 말이다. 보고 싶다면 반드시 내가 움직여야만 찾을 수 있는 아주 고귀한 존재.

촌스럽게 무슨 별이냐고 말할 수도 있겠지만, 요즘 사람들에게 별이 얼마나 도도한 존재인지 당신은 모를 테다. 물론 높은 곳에 있거나 망원경이 있다면 멀찍이 있는 별을 볼 수 있겠지만 나는 불순물 없는 순수한 모습이 보고 싶었다. 이를테면 보풀이 묻어있지 않은 두터운 니트나 안개가 끼지 않은 호수, 오후 3시쯤 한강철교를 지나는 지상철처럼.

있는 그대로를 바라볼 때 가장 아름다운 것이 있듯, 나는 우리의 사랑을 아무런 장막 없이 바라보고 싶었다. 아주 큰 욕심이라고 해도 좋으니.

시월의 중순.

차를 타고 꽉 막힌 서울을 벗어나 아주 한적한 곳에 주차를 했다. 찬 공기를 듬뿍 마시고 고개를 올렸을 때 하늘에는 별들이 깨진 유리 조각처럼 퍼져있었다. 어린아이가 높은 마천루를 바라보듯 목이 아파오는 지도 모른 채 멍하니 별을 보고 있자니 묘한 기분이 든다. 근데 흩어져 버린 저곳에 당신은 어디 있는지. 나는 잊혀져가는 그녀의 모습을 서둘러 하늘로 던져봤지만 애석하게도 날은 무심히 밝아왔다.

서울을 떠나도, 아주 오랫동안 하늘을 바라보아도 당신을 찾지 못하는 이 아침이 어쩌나 적적한지. 멀찍이 들리는 새소리에 그만 울음이 터져 나왔다. 서울에선 도저히 별을 볼 수 없어 이렇게 멀리 왔건만 그대가 정말 내 곁을 떠났나 보다. 가끔 이별은 이토록 사람을 가엽게 만든다. 별을 본다고 한들 당신이 잊힐까. 어쩌면 나는 혼자 울고 싶었는지도 모른다. 휑뎅그렁한 이 시간이 그동안 내가 사랑했던 대가인가 보다.

보이지 않는 별은 어디든 존재하고 있는 거 아시죠?
이별도 그러합니다.
굳이 느껴지지 않아도 마음 한구석에는
늘 그리운 사람이 자리하고 있어요.
단지, 선명하지 않을 뿐.

사랑하느라 고생하셨습니다.
그렇게 천천히 잊어보자고요.

두려운 마음에게

누군가를 예뻐하는 것만으로도 힘이 날 때가 있습니다. 그리고 누군갈 그리워하면서 삶을 버틸 때도 있죠. 사랑과 이별. 그 속에서 만들어진 수만 가지의 감정은 우리를 결국 모순으로 이끌었습니다.

노을처럼 저물어 가는 관계를 바라보며 당신은 어떤 생각을 하셨나요? 어둠이 찾아오는 걸 뒤로한 채 머쓱한 웃음을 지으며 혼자 발걸음을 돌리셨나요? 저는 이별이 괜찮다던 친구의 말에서 작은 거짓말을 발견했고 그것이 예전에 내가 뱉었던 것과 같다는 것을 느낄 수 있었습니다. 우린 도대체 왜 괜찮다고만 말하는 걸까요? 죽을 만큼 힘들면서.

그 친구는 지금 그녀를 그리워하며 삶을 버텨요. 어느 날은 제게 이런 말을 했죠.

"정말 좋은 사람이었어, 나 또 그런 사랑을 할 수 있을까?"

푸스스하고 웃는 표정의 이름은 초연이었고 아련함이었습니다.

어찌 보면 사랑은 여행일까요. 우리가 아주 좋은 여행을 다녀왔을 때 그 추억을 곱씹으면서 인생을 살아가듯이 말이죠. 사랑도 시간이 지나면 빛바랜 추억처럼 변해 조용히 내게 힘을 주지 않을까요. 생각만 해도 아련한 사람. 생각만 해도 행복한 사람. 나의 옛사람.

하지만 그것은 그것 나름이지요. 오늘을 살며 새로운 사랑을 해야 하는 건 어쩌면 우리의 사명일지도 모를 일입니다. 사랑을 나눌 때 당신은 더욱 빛이 나니까요. 그러니 바보가 되는 걸 두려워하지 마세요. 오롯이 사랑할 때만 생기는 에너지를 떠올리면 우린 다시 마음을 열 수밖에 없습니다.

이별 교통사고 후유증

　이별에 안전벨트가 있을까요. 무지막지한 마음을 가지고 사랑
했을 땐 저는 속도를 내며 그 사람에게 달려가기 바빴습니다. 뒤
로 가는 법을 알 리가 있나요. 헤어졌을 땐 그 속도만큼, 내가 생
각했던 사랑의 허상만큼 딱 아팠습니다. 아주 큰 사고였어요. 마
음은 전소되었고 이제는 누군가를 사랑할 수 없겠구나, 하며 거
울을 보고 울음을 터트린 적도 있었죠. 그렇게 저는 안전하게 주
행을 하는 사람이 되었습니다. 실제로 사랑에는 안전벨트와 후
진, 유턴 같은 것도 있었거든요. 그때 그 고통을 생각하면 아직
도 다리가 저릿하지만 어찌 사랑을 하지 않고 살 수 있을까요.
그래서 주변을 살피고 천천히 상대에게 갈 수 있도록 각별히 주
의를 요하고 있습니다. 하지만 속도가 이별의 전부가 아니었음

을 저는 뒤늦게 깨달았습니다. 이별에는 무지와 방관 그리고 배신과 도주라는 것도 있었어요. 조심만 하면 될 줄 알았던 지난날이 무색해지는 건 1분도 채 걸리지 않았습니다. 헤어짐은 본래 예상할 수 없는 교통사고니까요.

또다시 찢겨진 마음. 수없이 봉합한 흔적. 그럼에도 불구하고 운전대를 잡는 것. 너무 천천히도, 빠르지도 않게 가야 그 사람과 발을 맞출 수 있을까요. 인연의 미지에서 힘이 빠진 다리를 간신히 지탱한 채 생각합니다. 다시 속도를 올려야 하냐고. 브레이크가 망가져 다시 만신창이가 될지 모르겠지만 이별사고는 주의와 안전거리를 둔다고 해서 당하지 않는 것이 아니었습니다.

날씨가 좋은 어느 날, 핸들을 잡고 악셀에 발을 올린 채 홀로 고민합니다. 발끝에 얼만큼 힘을 줄 거냐고. 이 사랑의 끝에서 당신의 일상 한가운데 주차를 할 수 있으면 좋을 텐데 그게 정말 가능한 일일까요.

제게 사랑은 아직도 난제입니다. 그래서 여전히 두려워요. 이별 사고의 후유증은 여전히 제게 남아있습니다.

그래도 사랑해야죠.
핸들을 잡은 당신만큼 사랑스러운 존재도 없다는 걸 기억하세요.
걸으면 멀리 가지 못합니다.

그와 그녀의 이야기

그는 벌겋게 변한 오른팔을 매만지며 그녀에게 성질이 사납다고 말했다. 그녀는 이게 전부 다 너 때문이라며 등에 철썩 달라붙어 다리를 꼬은다. 둘은 삐걱거리는 침대를 놀이터 삼아 서로를 못난 존재라고 소리쳤다. 그가 먼저 항복을 외친 건 그녀가 진심으로 팔을 깨물었기 때문이다. 천천히 차 올라온 땀에 그녀의 이마는 전쟁터가 됐지만, 얼굴은 아이처럼 해맑았다. 이걸로 승리를 쟁취했으니까.

그가 복수할 방법은 뒤에서 끌어안는 방법밖에 없었다. 숨이 막힐 정도로 안다 보면 시간이 멈춘 것처럼 이 현실이 믿기 어려울 때가 있었다. 내가 여기에서 이 사람을 안고 있다니 하며 가까운 행복을 인지하는 것이다.

'나 지금 되게 행복하구나.' 하고.

그러니까 갑자기 이런 말을 하면 이상하겠지만 그는 참 외롭고 감성적인 사람이었다. 타지에서 올라와 중소기업을 다니며 빠듯하게 살아가던 그는 20대 후반이 됐음에도 불구하고 혼자 라면을 먹다 울음을 터트리고 아직도 지갑이나 시계를 종종 잃어버린다. 마음은 어찌나 여린지, 불쌍한 사람을 보면 눈을 질끈 감고 한여름에도 쓸쓸함에 오한을 느껴 이불을 목 끝까지 올리곤 했다. 고요한 밤에 혼자 길을 걸으면 종종 사랑을 하고 싶다는 생각했었는데 지금 이렇게 그녀의 볼을 깨물 수 있어 정말 다행이라는 생각을 한 그다. 한참 부족한 사람이라고 생각했는데 나를 진심으로 사랑해주는 사람도 있었다.

그녀를 천천히 놓아주며 머리칼에 입맞춤을 했다. 그러면서 머리 좀 감으라며 소리를 친다. 괜히 울컥했나, 서둘러 화장실로 들어가는 그의 모습이다.

#

퇴근 시간이 되면 그녀는 저녁 메뉴를 생각한다. 매번 진수성찬을 차리긴 힘드니 일주일에 한 번은 서로에게 요리를 해주기로 했기 때문이다. 저번 주에는 표고버섯이 가득 들어간 볶음밥과 칼칼한 순두부찌개를 먹었다. 아까 유튜브를 보니 짜파게티에 파김치가 맛있어 보이던데. 살이 포동포동하게 오른 그의 얼굴을 생각하며 마트에서 애호박과 양배추를 고르는 그녀다. 조금 무겁게 본 장을 손에 쥔 채 집으로 가는 길은 행복했다. 반찬 투정을 해도 매번 음식 사진을 찍고 옆에서 좋은 음악을 틀어주는 그가 있었기 때문이다. 어제는 김치가 다 떨어져 인터넷에서 브랜드를 고르다가 싸움이 붙었다. 싼 게 비지떡이라니 뭐라니. 맛이 없어서 분명히 쉰 김치를 만들게 뻔한데. 자꾸 고집을 피워서 진심으로 손가락을 깨물었다. 엉엉 울며 바닥을 뒹구는 그의 손가락에 피멍이 들어 깜짝 놀랐지만 이건 너의 각인이라며 껄껄 웃고 있는 사람이었다. 세상에 바보도 이런 바보도 없지.

며칠 뒤, 둘은 새 김치에 짜파게티를 무려 4개나 끓여 먹었다. 이렇듯 그들은 다급하지 않게 하고 싶은 것을 차분히 행하는 연인이었다. 그런 자연스러움이 서로에게 무척이나 안정적이었달까.

#

그는 퇴근길에 두 번이나 발걸음을 멈췄다. 한 번은 떡볶이집. 한 군데는 작은 액세서리를 파는 가게였다. 월급이 그리 많진 않지만 이런 자그마한 것을 챙길 수 있는 것에 항상 기뻐하는 그였다. 집 안에 아무도 없는 걸 확인하고는 음악을 튼 뒤 포장해온 음식을 예쁜 접시에 담고 작은 팔찌를 소매 안에 숨겼다.

얼마 뒤, 축 처진 그녀가 집으로 들어오며 그에게 안긴다. 눈 망울이 그렁그렁한 게 무슨 일이 있었나 보다. 그래, 그래. 무슨 일이야. 그녀는 명치 한가운데 이마를 박고 그의 흰 티에 작은 호수를 그린다. 안아주는 건 백번이고 천 번이고 할 수 있으니 말없이 서 있었던 그다.

몇 분 뒤, 떡볶이가 식으니 조금 서두르자는 말에 퉁퉁 부은 얼굴로 고개를 끄덕인다. 아이고 예뻐라. 냉장고에서 시원한 맥주 두 캔을 꺼내며 오늘 액세서리를 사길 잘했다는 생각을 했다. 그녀는 방에서 나오며 무슨 떡볶이를 먹으면서 재즈를 듣냐고 스피커에서 당장 나가라고 소리쳤다. 참나, 방금까지 그렇게 울어놓고선. 새침한 표정을 지은 채 식탁에 있던 핸드폰을 들었다.

#

그녀는 부족함 없이 사랑을 받고 자라온 꽃이었다. 인기도 많았고 연애도 끊긴 적이 없었건만 취직을 하고 나서부터 모든 건 옛일이 되었다. 물론, 하고 싶은 공부를 해서 대학까지 무탈히 졸업했지만 실상 회사에서는 학교에서 배운 것을 하나도 써보지 못하고 있었다. 버티는 게 답이니라. 버티는 게 답이니라. 삭막한 아침 회의에서 펜을 돌리며 마음을 다스리는 그녀다. 4잔째 커피가 바닥났을 때 시계를 보니 9시 14분이었다. 고요한 사무실. 사파리의 한 마리 동물처럼 기지개를 켜니 우두둑 뼈 소리가 울려 퍼졌다. 으으, 오늘은 이쯤 하자. 집으로 가며 무조건 맥주를 마셔야겠다고 생각했다.

'오늘은 블랑이야. 무조건 블랑이야.'

편의점에서 나와 사거리 횡단보도에서 신호를 기다리는데 누가 등을 톡톡 치길래 뒤돌아보니 코가 빨개져 있는 한 남자가 에어팟 케이스를 건넨다. 어라? 주머니를 살펴보니 케이스가 없다. 세상에, 심장을 잃을 뻔했네. 고맙다는 말을 하는 동시에 그의 얼굴이 눈에 비친다. 이 사람, 분명 몇 분 전에 울었다. 무슨 기운이었는지 몰라도 그때 그녀는 낯선 남자에게 왜 울었냐는 질문을 던진다. 신기하게도 그는 이야기를 숨기지 않았고 두 사람은 길을 걸으며 사이좋게 맥주를 나눠마셨다. 그렇게 둘은 사랑에 빠졌다.

#

옆에서 고요히 자고 있는 그의 얼굴을 바라본다. 살이 조금 쪘지만 여전하다. 그때 내가 에어팟 케이스를 떨어트리지 않았다면, 아니, 야근을 하지 않았다면 우린 만나지 못했겠지? 끔찍하다. 끔찍해.

불현듯 차오르는 두려움에 그를 와락 껴안았다. 그는 잠시 신음을 내더니 금방 손으로 허리를 감싸준다. 사랑스러운 녀석. 어리숙하지만 그래도 참 바지런하고 올곧은 사람이다.

내일은 조금 일찍 일어나서 토스트를 만들어볼까.

새벽 2시 14분. 하품을 크게 하고 전등을 끈다. 주홍빛 불에 비친 그녀의 손목에는 그가 선물해준 투박한 은색 팔찌가 반짝이고 있었다.

사랑이었다.

호탕한 웃음

　가벼운 유머를 겸비한 사람이 좋다. 활짝 웃는 게 아니더라도 미소를 머금고 있는 사람에게는 왠지 모를 사랑스러움이 느껴졌다. 편안한 기운은 그리 쉽게 생기지 않는다. 그 사람의 역경에서 생긴 아우라는 여러 사연이 있기에 쉽게 가늠할 수도 없다. 그래서 나는 그 미묘함을 애정한다. 과거의 일은 다 묻어두고 지금 웃고 있는 당신이 얼마나 멋진가. 저어기- 주름 사이사이에 낀 웃음을 보아라. 시답잖은 농담을 던지고 하하하 웃는 게 시원해서 참 보기 좋다. 그러고 보면 나는 "호호"보단 "푸하하"같은 호탕한 웃음소리를 좋아했던 것 같다.

　재밌는 이야기를 해주기 전에 혼자 쿡쿡 웃는 사람. 어떤 대답을 해도 느낌표를 붙이며 말하는 사람. 그리고 주머니에 몇 개의 이야깃거리를 가지고 있는 사람과 먹는 밥과 술은 참 달고 은은했다. 그래서 우리가 그 긴 시간을 함께 보낸 게 아닐까.

거울 속 나를 마주해본다. 나는 오늘 몇 번이나 웃었을까? 눈가에 힘을 주니 이목구비가 줄줄 흘러내리는 것 같다. 억지로 미소를 지어보지만 어색할 뿐이다. 웃는 법을 까먹었나…. 그러니까 내가 호탕하게 웃는 건 아주 가끔. 작은 웃음은 늘 있었던 것 같은데 불안과 잔잔한 우울로 금방이고 울상을 짓는 나였다. 이렇게 글을 쓴다고 모든 불안이 휘발되겠는가. 가끔은 모든 걸 잊고 마음껏 떠들 수 있는 곳으로 떠나고 싶다는 생각을 한다. 하지만 오늘을 살아야 하니 카톡에서 떠들고, 라이브에서 독자를 만나고 친구와 술 한 잔을 기우는 것이다.

내가 세상에서 제일 좋아하는 것.

제철 음식에 애정하는 사람과 높게 술잔 들기. 이 순간을 가장 좋아하는 건 사실 음식도 술도 아닌 웃음이 고파서다. 입을 크게 벌리고 호탕하게 웃으면 마음속에 깔려있던 우울과 불안이 방귀처럼 빠져나가는 것 같다. 그래서 나는 가벼운 유머를 겸비한 당신과 한잔 하며 진한 대화를 나누고 싶다. 내 아껴두었던 유머를 꺼내어 힘껏 당신을 웃겨주어야지.

고백합니다.
몇 가지의 심리테스트를 외우고 홀로 성대모사를 연습했던 건
전부 당신을 웃기기 위해서였습니다.

어둠을 이해한다는 것

그러고 보면 나는 당신에게 예쁘고 좋은 일만 생겼으면 좋겠다는 생각을 했습니다. 나는 당신이 매일매일 행복하고, 아프지 않고 티끌 없는 생활을 하길 바랐고, 미소를 짓고 바람에 눈을 감고 퇴근길에 어딘가에 기대 새근새근 아기 잠을 자고 있길 바랐습니다.

사랑이라는 게 되게 현실적이지 않아 못난 생각을 했습니다. 나는 당신이 울상을 짓고, 무언가에 짓눌러있고, 아파하고, 실패하고, 겹겹이 불운이 찾아와 울음을 터트리는 것을 들여다보고 사랑해야 했습니다. 그대의 환한 빛만 보려 했던 나는 이기적인 사람이었습니다.

용서

상처를 주는 일보다 내가 상처받는 게 더 나은 것 같아 결정을 미룬 적도 있었고 희생하면서도 알아주지 않으면 괜히 속상해 한껏 이기적이고 싶었을 때도 있었습니다. 생각해보면 결국 내 마음을 편안하게 하기 위한 선택이었어요. 이렇게 상처를 주는 일도, 받는 일도 제대로 하질 못하니 내가 그리 좋은 사람은 아니라는 생각이 들기도 합니다. 관계에 사력을 다해도 늘 후회가 덕지덕지 묻어있었고 죄책감도 늘 꼬리표처럼 있었으니 맞은편에 앉은 친구에게 "내가 그렇게 잘못했어?"라고 말하는 건 좋은 사람이었다는 걸 증명하고 싶었던 저의 모순이 아니었나 싶네요.

사람은 죽기 전에 생에 겪었던 모든 악을 용서하게 된대요. 앞으로 겪게 될 상처와 이기심을 생각하면 눈앞이 아득하기에 언제든 상처받고 상처 줄 수 있다는 걸 순응하는 자세가 필요해 보입니다. 다만, 모든 것에 초연해져 아픔에 의연해지지 않도록 경계해야 합니다. 울고불고 소리도 쳐야 사람 아닌가요. 어쨌든 다 사랑이 있어야 가능한 일이니, 그간 겪었던 모든 상처는 제가 열렬히 사랑했다는 증거로 삼으렵니다.

삶은 고통과 행복의 반복.

그 안에서 무너지지 않고 오르락내리락 리듬만 잘 탄다면 제법 멋진 사람이 되어 지혜로운 사랑을 하고 불필요한 상처를 피하며 살 수 있지 않을까요? 그런 의미에서 제 흉터는 오늘날의 저를 만들어준 조각이므로 이제 당신을 용서합니다.

그러니 당신도 이제 그만 나를 용서해주세요.

사랑은 기백

가끔 사랑을 가늠하지 못할 땐 심리학이나 마법에 의지하고 싶다는 생각을 했다. 이를테면 50문항의 테스트를 하면 상대방이 나에게 마음이 있는지 없는지 확실히 알 수 있는 것이다. 오죽 답답했으면 그랬을까.

하지만 쉽게 마음을 통찰할 수 있다면 사랑은 분명 재미없는 삼류영화를 보는 것과 같아 삶에서 가치가 뚝- 하고 떨어질 것이다. 새로운 연인을 만날 때마다 우리는 초행길을 걷는 것이니 목적지를 당최 알 수 없다. 그래도 낯선 곳을 여행하는 미묘한 흥분은 있지 않을까. 만남도 하나의 탐험이라 가끔은 상상 이상의 선물을 안겨주기도 한다. 그런데 상처가 많은 이는 숲에 들어갈 엄두를 내지 못하는 것이다. 이해한다. 저 울창한 곳에 얼마나 포악한 육식이 많은데.

혼자 사랑하는 사람의 마음을 표현하는데 가장 적절한 단어가 바로 애석함이다. 원하는 사랑을 받지 못하는 사람에게 상대의 모호한 마음은 안경을 잃어버린 사람의 눈이며 안개가 잔뜩 낀 도로를 운전하는 것과 같다. 관계에는 반드시 맑은 시야가 필요한데 언제 끝날지 모르는 기로에서 누군가는 가만히 서 있고, 누군가는 지레 겁을 먹어 왔던 길을 되돌아가기 바쁘다. 아무것도 하지 않으면 상처도 받지 않으니 이해할 만하다. 그럼에도 불구하고 끝내 용기를 내본다면 이 관계의 끝을 명확히 알 수 있지 않을까?

영원한 사랑은 있을 수 있어도 똑같은 사랑은 없다. 그러므로 우리는 필히 탐구하고 탐험해야 한다. 한 번도 상처받지 않은 사람처럼 말이다. 결국, 기백이 있는 사람이 원하는 사랑을 쟁취한다. 용기가 없어 놓친 인연을 떠올려 보면 얼마나 억울한지, 나는 먹잇감을 노리는 표범처럼 몸을 낮추고 때를 기다리며 다가올 사랑을 낚아챌 준비를 하고 있다.

구원

다른 것 필요 없이 마음만 있다면 무엇이든 가능하다. 마음은 애정. 애정은 가끔 터무니없는 일을 가능하게 만들기도 한다. 지지부진한 세월이 있어도 사랑하는 것이 있었기에 우린 다시 웃을 수 있었다. 설령, 그것을 잃더라도 상실감을 덮어주는 것 또한 전부 사랑이었으니 무언가를 마음을 품는 건 굽은 등을 펴게 하는 회복을 선사해 준다.

지난날, 행복했던 때를 떠올려보면 나는 무언갈 사랑하고 있었고 비어있는 가슴에 상대를 있는 그대로 받아들일 수 있는 여유가 있었다. 행복에는 공식이 있다는 말을 감히 할 수 있을 정도로 사랑의 의지는 내려간 입꼬리를 이유 없이 올리게끔 한다. 그래서 사랑은 종이 한 장도 낭만으로 만들어주는 것. 별안간 이유 없이 눈물을 흘리게 하는 것. 허기를 지게하고, 저 별을 달이라고 말해도 이해할 수 있는 너른 마음을 가지게끔 한다. 내가 애정하는 당신이 말한 것인데 뭔들 이해 못 하겠나. 그래서 사랑은 위험한 전염이자 내 마지막 구원이다. 죽은 나를 살리게 하는 건 언제나 연정을 품은 마음이었다.

당신도 가끔은 이렇게 바보가 되고 싶을 때가 있지 않은가요.
사랑을 품는 일은 땅에 묻힌 마음을 환생하게 합니다.

사랑은 절대로 표현할 수가 없다

　사랑에 빠졌을 때 나는 말을 더듬는 사람으로 퇴행했다. 고장
난 로봇처럼 삐리릭-. 오류가 생기고 동문서답을 하는 것이다.
원래 사랑하면 그 사람에게 좋은 모습만 보여주고 싶고 티끌 하
나 실수하지 않으려 노력하게 된다. 하지만 어깨에 힘을 줄수록
모든 자세는 어색해지는 법. 도려 불편한 모습을 보였던 나는 그
토록 원했던 사랑에 실패하기도 했다. 잘 보이려 하는 욕심이 매
력을 반감시킨 것이다. 그래서 이제는 누군가를 만날 때 내가 각
져있는지 먼저 살펴본다. 예쁜 말만 해주고, 장난기가 없는 상황
에선 절대로 진가를 보일 수 없기 때문이다. 어쩌면 누군가에게
잘 보이기 위해 분을 덧칠하는 것에 질린 지도 모른다. 이제는
아무것도 하지 않아도 즐겁고, 내 모습을 서슴지 않게 보이게 되

는 사람을 만나고 싶다. MSG를 친 요리보단 재료 본연의 맛이
느껴지는 요리 같은 사랑말이다.

윤종신이 청춘 페스티벌에서 사랑이 어렵다는 한 팬의 질문에
이렇게 대답한 적이 있다.

"제 느낌에는 사랑을 찾으려고 하는 순간 그 사람의 매력은 없
어집니다. 찾지 말고 자기 앞에 주어진 일을 즐기다 보면 누군가
옆에 있거나 바라봐 주는 사람이 생길 거예요. 누군가를 찾고 있
으면 나의 매력을 보일 수가 없고 전부 아쉬워 보이고 별로라고
느껴져요. 그러니까 일단 가장 나다워지세요."

그의 말에 따르면 외로워서 사랑을 갈구하거나 연애를 위해 발
을 동동 구르는 사람에게는 매력이 느껴지지 않는다는 것이다.
이 말에 200% 공감한다. 실제로 내가 좋아하게 된 사람도 자신
의 모습을 스스럼없이 보여줬기 때문이다. 생각해보면 꾸미고 좋
은 모습만 보이려고 하는 사람에겐 아무 감정이 들지 않았다. 그
러다 한 가지에 몰입하고 있는 모습을 보면 어쩌나 멋져 보이는
지. 일할 때 가장 섹시하다는 말이 그냥 나온 게 아니다. 이처럼
나는 사랑을 위해 나다워질 방법을 먼저 모색하기로 했다. 과거
를 돌아보면 정말 하나도 외롭지 않을 때 불현듯 사랑이 찾아왔
다. 참 신기하게도 그럴 때 사람이 번듯하게 보이나 보다. 현재

내 모습은 어떠한가. 외롭지만, 또다시 사랑을 시작하기엔 조금은 벅찬 상태가 아닌가. 그럼 마음을 열어놓되 자기계발에 힘쓰는 것이다. 이러다 보면 내게도 좋은 인연이 찾아오지 않을까?

—

다시 돌아와서.

사랑할 때 바보가 되는 나에겐 한 가지 욕심이 있었다. 바로 사랑을 사랑이라 말하지 않고 더 큰 표현으로 그 사람을 빛나게 해주고 싶은 것이다. 2년 전에 만난 그녀는 내가 만난 사람 중에 가장 맑고 투명한 사람이었다. 그런데 보고 싶다거나, 오늘 예쁘다 같은 말로 그녀를 표현하기엔 부족하다는 생각이 들었다. 한참을 생각하다 친구에게 말했다.

"그녀를 표현하는데 적당한 말이 없어. 분홍색이나 구슬 같은 단어는 왜 이리 질리는지, 가끔은 가늠조차 안 돼서 속이 답답하다니까. 왜 족발에는 장군이라는 단어가 어울리고 생고기는 마포라고 하면 뭔가 맛있어 보이잖아. 너무 음식 얘긴가? 아무튼, 태어나서 처음 보는 이목구비를 어떻게 말해야 할지 모르겠어. 꼭 다른 세계에 있을 법한 향은 또 어떡하라고. 그 사람은 너무 오묘해서 당최 표현할 수가 없어."

내 말을 들은 친구는 잠시 고민하다 이렇게 답했다.

"어려운 건 맞는데, 이렇게 한 번 생각해봐. 한겨울에 8시간을 걸은 네가 겨우 집에 도착해 따듯한 물로 목욕을 하고 나온 거야. 몸이 녹아내리는 듯한 피로감이 느껴질 때 침대로 몸을 던져. 베개에 얼굴을 묻는 그 포근함 알지? 그 사람은 너한테 그런 느낌이야."

"생각만 해도 좋은?"

"뭐, 그렇지."

"맞아. 겨울에 집에 들어와서 따듯한 물로 씻고 침대에 눕는 것만큼 좋은 것도 없지. 진짜 좋다."

"나는 가끔 단어로 설명하는 것보단 구구절절 말하는 게 더 좋더라. 그냥, 이 세상에서 나만 아는 것 같잖아."

"응, 그 느낌은 진짜 나만 알아. 그 사람이 너무 예쁜데 예쁘다는 말로 표현이 다 안 되거든. 혼자 생각 좀 해봐야겠어."

친구의 말에 손뼉을 친 나는 그녀를 표현할 수 있는 문장을 생각했다. 그때 적은 단어를 나열해보자면 이런 것들이 있다.

1. 일본 영화에 나오는 여주인공 – 소도시에 살고 피부가 정말 맑다.
2. 유럽 동화에서 나오는 말괄량이 여자아이. → 레이스가 달린 잠옷이 정말 잘 어울린다.
3. 혼자 미술관에 갔을 때 옆에 있으면 반할 것 같은 사람. 긴 생머리와 은은한 우드 향을 품고 있고 회색 코트가 잘 어울리며 옆으로 보이는 콧대가 형용할 수 없을 만큼 오뚝하고 예쁘다.

시간이 지나 그녀를 회상할 때 이렇게 나열했던 장면을 연상하곤 한다. 내가 좋아하던 건 잘 닦여진 겉면이 아니라 그녀가 가지고 있는 순수함과 오묘한 느낌이었다. 한 가지 후회되는 게 있다면 저 말을 한 번도 해주지 못했다는 것이다. 나는 왜 열심히 고민하고 답을 찾았음에도 불구하고 그것을 한 번도 써먹지 못하는지. 만약 그녀와 다시 대화할 수 있다면 "나 그때 이런 생각을 했었어."라고 말해주고 싶다. 이 말을 들은 당신은 나에게 이렇게 말하겠지.

"있을 때 그런 말 좀 해주지!"

맞아. 사랑은 있을 때 표현하는 것이지. 나는 뭐가 아까워 이리 좋은 단어를 아끼고 있었는지. 표현할 수 없는 사랑이라고 말한 내가 어리석게 느껴지는 순간이다.

사랑은 사랑이라는 두 글자로 표현하기엔 너무 광활한 감정 아닌가. 사랑을 쉽게 표현할 수 없다고 말하는 건 예나 지금이나 매한가지지만, 이제는 홀로 연구를 한 흔적도 상대에겐 감동이며 최고의 표현일 수도 있다는 걸 깨달았다. 완벽을 추구하려는 자체부터 어깨에 힘이 들어가고 로봇처럼 삐걱거리게 된다. 그러니 순수한 열정과 빈틈을 마구 보여줘도 된다. 만약, 당신도 나처럼 사랑을 잘 다스리는 사람인 척을 하고 있다면 이제 그만

나의 부족함을 인정하고 조금은 너저분하게 사랑을 해보자. 속에 있는 마음은 꺼내지 않으면 하나님도 모른다. 이걸 알아달라고 하는 자체가 이기심이니 가끔은 솔직하게 말하는 것도 도움이 되겠다. 훗날, 나에게 어떤 기회가 온다면 상대에게 꼭 이렇게 말해야지.

"사랑이라는 표현보다 더 좋은 표현을 찾아내서 꼭 말해줄게. 대신, 조금 이상해도 봐주기야."

사랑을 결심할 때 나는 미아가 되기로 했다.

얻을 것보단 잃을 것을 먼저 생각하면

한결 편안한 마음으로

당신의 눈동자를 볼 수 있기 때문이다.

상처받는 것도 처음에만 힘들지, 이젠 괜찮다.

지금 나를 사랑해주면 그것으로 됐지.

이렇게 나약한 내 모습조차 예뻐 보였으면 좋겠네.

그랬으면 좋겠네.

독립영화

　사실 딱 한 장면이면 족했다. 그 사람에게 호감 이상의 감정이 생기는 것은. 그럼 우린 가타부타하지 않고 그 장면을 비디오처럼 계속 되돌려보게 된다. 자꾸 떠올리다 보면 입가엔 미소가 지어지고 마음은 포근해 왠지 소화도 잘되는 기분이다. 영화에도 명장면이 있듯, 우리가 보낸 시간 속에도 하이라이트가 있었다. 지루한 장면이 많아도 모든 걸 압도하는 사랑스러운 순간이 있는 것이다. 킬링타임이 아닌 은은하고 단조로운 영화가 끌릴 때가 있듯, 나는 우리의 시간이 조금 싱겁게 흘러가도 어느 장면에 의지해 시간을 영유하길 바랐다. 그렇다면 조금 더 여유로운 마음을 두고 조급하지 않게 사랑을 할 수 있을 테니까.

　사람에게는 간격이 있고 그사이를 이해하고 배려하면 간격의

미가 생긴다. 그 여백이 사랑으로 변태하는 순간이 얼마나 아름다운지. 가끔 자연스러운 인연은 하늘이 정해준 운명이 아닐까 하는 생각이 든다. 이렇듯, 사랑에는 정답이 없고 명제를 내리려고 할수록 신파적이게 된다. 정해놓은 모든 틀을 깰 수 있을 때 여태 만들어놓은 나의 세계관을 무너트리는 것 또한 사랑일 수도 있음에 아무것도 정해놓지 않기로 한다.

언제 어느 속도로 마주할지 모르는 인연 앞에서 속수무책이 됐을 때, 나는 울상이 아닌 행복한 표정을 지었었다. 나를 바보로 만든 건 더도 말고 당신이 만든 한 장면이었다.

독립영화를 좋아하는 건 특별한 여운이 남기 때문이죠. 맞아요.
뻔한 것보단 우리만의 이야기가 좋은걸요.
남들 눈치 보지 않고 사랑을 하는 건
멋진 시나리오의 독립영화를 찍는 것 같은 기분이 들어요.

눈배웅

있잖아, 나 예전에 나만 그 사람 좋아할 때. 그때 "조심히 가" 하고 헤어졌는데 차마 뒤돌지 못하겠더라. 그래서 눈으로 그 사람 뒷모습만 하염없이 바라본 적이 있어. 근데 왜 그런 거 있잖아, 뭔가 상대가 나를 볼 것 같아서 한 번쯤 뒤돌아보는 거. 그러길 바랐는데 내 눈빛이 부족했는지 무심하게 가버리더라. 그 사람이 코너를 돌 때까지 길거리에 멀뚱히 서 있는데 나도 모르게 입이 튀어나와 있었어. 조금 삐진 거지. 몸을 돌려 역으로 내려갈 때 조금 서글프다는 생각이 들었어. 혼자 좋아하는 건 여간 어려운 일이 아니더라고.

근데 또 그런 적이 있어. 상대방도 나를 좋아하고 있는 상태. 헤어지기 아쉬우면 잡은 손끝에 힘을 주고 몸을 막 비꼬잖아. 그러다 막차 시간이 돼서 헤어지는데 얼마나 손을 많이 흔드는지, 서로가 안 보일 때까지 수도 없이 뒤돌기를 반복했어. 얼른 가라고 손짓해도 그 사람은 다시 뒤를 돌아봤어. 나도 몇 걸음 가다 고개를 돌리면 그녀가 날 바라보며 환히 웃고 있었지. 그땐 좋아서 입이 나오더라. 사람들이 잔뜩 있는 지하철 안에서 혼자 쿡쿡 웃었던 게 기억난다. 등만 봐도 좋았던 때거든.

난 눈배웅 만큼 다정한 게 없는 것 같아. 내가 그랬던 것처럼 내 등을 하염없이 바라봤던 사람도 있겠지? 뭔가 미안하다. 헤어지기 싫은 마음에 1초라도 눈에 더 담으려는 마음이 얼마나 애틋한지 몰라. 언제는 그 사람 어깨가 축 처져있는데 힘든 일이 있다는 걸 단번에 알 수 있었어. 원래 사람 감정은 몸에서 배어 나온다고 하잖아. 지긋이 바라보다 보면 내가 사랑하는 사람이 어떤 상태인지 알 수 있는 것 같아. 참 신기한 능력이지.

넌 무언 갈 오랫동안 바라본 적이 있어? 난 요즘 어떻게 사는지 어째 그런 기억이 하나도 없어. 그게 사람이든 나무든 바다든 상관없는데 가끔은 정지 버튼을 누르고 사랑스러운 눈으로 무언 갈 지긋이 바라보고 싶어. 뒷모습만 봐도 좋았던 그 느낌이 그리운 거지. 아, 자꾸 옛날 얘기하면서 감성에 젖는다. 그냥 나를 메마르게 하지 않고 싶어서. 세상이 너무 빨라서 점점 건조해지는 기분이야. 오늘은 억지로라도 하늘을 봐야겠어. 그러니 핸드폰은 잠시 안녕이야.

아침편지

우리 너무 걱정하지 말자. 마음만 열려있다면 뭐든 가능할 거야. 그러니 먹고 싶은 게 있으면 언제든지 말해. 그거 먹으면서 얘기하고 같이 술도 한잔하자. 나는 말이야, 가끔 울상을 짓곤 해. 왜냐하면 내 잘못과 당신 잘못이 눈에 선명히 보인 탓에 혼자 이별을 가늠하곤 했거든. 하지만 잘못이라는 건 흉터가 아니잖아. 우리에겐 용서라는 반창고가 있다는 걸 알아. 그렇다면 이해와 포용은 연고 같은 존재겠지? 내 말은 우리 절대로 초연해지지 말자고. 초연이라는 건 이별이 눈앞에 다가와도 아무런 슬픔을 느끼지 못하는 사람들이나 하는 거야. 기다리고 있었다는 듯 묵묵하게 결과를 받아들이는 것만큼은 하기 싫어.

나 사실 많이 두려웠어. 이별은 교통사고 같은 거라고 생각하거든. 그래서 문득문득 울상을 지었던 거야. 하지만 우리는 서로를 바라보고 이렇게 대화를 나눌 수 있는 걸. 나는 그걸 참 감사하게 생각해. 그러니 우리 너무 걱정하지 말자. 이별이 도사려도 손에 힘을 주어서 당신을 놓치지 않을게. 잔가지에 휩쓸려 그간 받은 사랑을 묵살시키지도 않을게. 무겁게 생각하지 말고 그냥 오늘 맛있는 저녁 먹자. 그러니 내게 뭐든 얘기해줘. 내 하루는 이러했고 마음은 이러했다고.

난 당신의 매일이 궁금해.

이따 저녁에 만나.

졸업식

그녀는 우리의 이별을 졸업이라고 말했다. 그러곤 이 시기엔 졸업식도 많이 한다며 내게 너스레를 떨었다. 헤어지는 마당에 이런 농담이라니. 나는 푸근히 웃는 그녀의 얼굴을 보며 아무 말도 할 수 없었다. 기나긴 3년의 세월. 어찌 보면 찰나의 순간이었지만 잠깐만 돌이켜봐도 수많은 장면이 쓰나미처럼 나를 덮친다. 이튿날, 나는 사진첩을 정리하며 울음은커녕 아지랑이처럼 피어오르는 애틋함에 그저 미소를 지을 수밖에 없었다.

'우리 이랬구나.' '그랬었지.' '맞아' 같은 말을 중얼거리며.

아, 억겁 같은 밤이다. 이제 그녀를 마주할 수 없다는 게 실감 나지 않는다. 그 누구보다 가까웠던 사람이 이제는 세상에서 제일 먼 사람이 되다니. 갑자기 그 사실이 억울해 눈을 질끈 감고 손톱자국이 날 만큼 주먹을 쥐었다. 정말 사랑에도 졸업이 있는 걸까? 시간이 지나고 난 뒤 우리의 이별에 대해 종종 생각했다. 그러니까, 미성숙한 너와 내가 만나 많은 감정을 느끼고 배운 뒤 한층 지혜로워져 비로소 상대를 이해하고 사랑할 수 있을 때 이별이라는 졸업을 하는 게 아닐까 싶었던 거다.

그땐 사랑하는데 왜 헤어지냐는 말을 던졌지만, 사랑해서 겪는 헤어짐도 있다는 것을 이번 연애를 통해 알게 되었다. 실제로 우리는 서로를 미워하지 않은 채로 더는 사랑을 연명할 수 없다는 걸 인정했으니 말이다. 그래, 이제야 그녀가 말한 뜻을 알겠다. 우리는 서로에게 졸업을 한 것이겠지. 퇴학이나 자퇴 같은 것이 아닌 정말 좋은 이별이었으니 당신이 졸업이라고 말한 거겠지.

사진첩 깊숙한 곳에 자리한 당신 사진을 마주하며 창밖을 바라본다. 서울의 네온사인. 겨울밤. 시린 바람은 아직 여전하다. 당신은 이 못난 나를 졸업해 멋진 사랑을 하고 있을지. 갈피를 못 잡는 초년생처럼 나는 아직도 사랑이라는 울타리를 못 벗어나고 있다.

나 다시 좋은 사랑을 할 수 있을까?

광활한 사랑

　그렇게 강단 있고 차분했던 당신이 이렇게나 섭섭해하는 걸
보니 그 사람을 참 많이 좋아하는구나 싶었다. 원래 내 사람에게
는 한없이 약해지고 패잔병이 되는 게 사랑하는 이의 나약함이
다. 맹목적인 바람이 아닌 존재 자체에 풍족함을 느끼고 지금도
더할 나위 없다는 말을 내뱉을 수 있는 건 정말이지, 생에 쉽게
오지 않는 감정이다. 누군갈 애정한다는 건 때때로 나를 구슬프
게 하지만 상대를 바라보는 눈동자 안에는 하늘이 있었고 바다
가 담겨있었다. 그만큼 사랑은 드넓고 가늠하기 힘든 것이다. 그
래서 더 애잔하고 구슬픈 게 아니겠는가.

이름 모를 동네

우리 사람들 일할 때 훌쩍 떠나버릴래? 아마 평일 오후쯤이
될 거야. 창문을 열고 낯선 곳에서 운전하다 풍경 좋은 곳에서
내려 손깍지 잡고 오래오래 걷자. 이름 모를 식당에서 박수를 치
며 밥을 먹고 방파제에서 파도 소리를 듣는 거야. 오늘은 마음
편히 취해도 좋으니 시답지 않은 이야기나 하면서 잔을 비우자.
그러다 보면 입에서 행복하다는 말이 절로 나올 거야. 그동안 쌓
인 응어리가 굳지 않았다면 이참에 마음도 청소하자. 새로운 추
억이 쌓이면 서로 떨어져 있어도 안온한 일상을 보낼 수 있지 않
을까. 새벽이 오면 오래된 방에 두꺼운 이불을 깔고 마주 보며
눕자. 작은 입맞춤을 하다 널 품에 안고 자면 너무 좋아서 눈물
을 흘릴지 몰라.

있잖아, 살다 보니 내 뜻대로 되는 게 하나도 없더라. 일도 사랑도 마찬가지야. 그럼에도 포기하지 않고 마음을 쓴다는 건 참 대단한 일이라고 생각해. 매일 행복하기 위해서가 아니라, 온 마음을 다해 사랑하고 또 열렬히 삶을 살아내고 있다는 게 중요하겠지. 이런 생각을 하다 보면 마음 한구석이 괜스레 뭉클해져. 내 삶이 그리 불행하지 않은 것 같거든.

나는 가끔 만약을 생각해. 나에게 소중한 것이 사라지면 어떨까 하고. 울상이 지어지는 게 당연하지만, 그보단 안일해지지 않아야 한다는 마음을 더 크게 가지는 것 같아. 당연한 건 없고, 무엇 하나 쉬운 게 없으니 말이야. 우린 완벽한 사람이 아니잖아? 그러니 앞으로 꾸준히 무언갈 깨달을 거야. 그러다 보면 우리도 어느 궤도에 올라 유유히 시간을 유영할 수 있겠지. 그때 우리 다시 떠나자. 치열했던 과거를 회상하면서 그땐 조금 여유로운 마음으로 서로를 마주 보며 웃자. 묵묵히 곁에 있어 주어서 또 이렇게 못난 나의 이야기를 들어주어서 고마워.

사랑에 빗대어 가장 완벽한 사람은
상대방의 자존감을 높여주는 사람입니다.
장점을 끌어올려 주고
단점을 아무런 대가 없이 안아주는 사람.
연인의 추악함과 가장 아름다운 모습을 본 당신은
스스로 장단점에 대한 선을 긋지 않습니다.
그래서 사랑은 우리에게 포용의 자세를 일깨워주죠.
"아무렴, 어때?"라는 말은
절대 입에서 쉽게 나오지 않아요.
그 사람의 단점까지 안아줄 수 있을 때
비로소 사랑은 그 모양을 갖추게 됩니다.
그러니 만남을 이어가며
상대의 진정한 모습을 찾아주세요.
그리고 그 모습을 더욱 깊숙이 사랑해주면 됩니다.
그럼 그 사람도 당신의 모든 모습을 사랑해줄 거예요.

드디어 우는구나

그녀는 오랫동안 사랑했던 사람과 헤어지고 나서 아무런 감정이 없는 상태로 살았어요. 밖에선 안주머니에 넣어두었던 가면을 쓰고 광대를 올리며 흰 치아를 훤히 드러냈죠. 즐거우면서도 또 다른 나는 아무런 표정을 짓지 않아요. 화장실에 가면 알 수 있었죠. 거울 속에 그녀는 무채색의 얼굴을 띠고 있었고 다시 의자에 앉으며 한껏 얼굴에 주름을 만듭니다. 그녀는 이게 편했대요. 요동치지 않아서 다행스러웠고 종종 나에게 이렇게나 차분한 모습이 있었구나, 하는 생각에 안심했던 거죠. 그러던 어느 날. 산책을 하다 한 사람을 보게 됩니다. 허름한 기타를 들고 연주를 하고 있는데 누군가를 의식하지 않은 모습이 퍽 마음에 들어 발걸음을 멈췄대요. 이어폰을 빼고 무표정의 얼굴로 그 사람을 바라봅니다. 그런데 갑자기 울음이 터져 나왔대요. 글쎄, 그냥 눈물이 났대요. 아무렇지도 않은 그 장면이 너무 아름다워서. 이 아름다운 걸 혼자 만끽하고 있다는 게 갑자기 너무 쓸쓸했다는 거 있죠? 외로운 마음에 눈물이 도무지 멈추지 않았대요.

이별 후, 자신을 위해 가슴을 꼼꼼히 꿰매고 있던 사람. 그것만이 내가 할 수 있는 전부라고 생각했는데 지금 느끼는 이 외로움에 그녀는 안도해야 할까요, 두려워해야 할까요?

혼자 품고 있던 지독한 이별 감정이 곪더니 드디어 터지나 봅니다. 그렇게 사랑했는데 안 아플 수가 있나요.

어느 공원 한 가운데에 구슬프게 우는 한 여자가 있습니다. 그런데 왜 저는 이 사람이 평온해 보이는 걸까요.

나의 정비공

사랑하면 전부 서운하다. 밖에서는 그리도 냉철한 당신이 '나 좀 예뻐해 주세요'하고 꼬리를 내리는 게 얼마나 고운지, 사회에서는 거인처럼 살아가지만 유독 이 사랑 앞에서만큼은 어린아이가 되는 당신이다. 그러니 서운한 것이다. 사랑받는 걸 알면서도 더 사랑받고 싶고 이해받고 싶으니까.

힘든 어느 날. 눈만 감으면 뚝뚝 눈물이 떨어질 것 같을 때 축 처진 어깨로 연인에게로 가면 금방이고 두 팔로 등을 감싸며 무슨 일이냐고 물을 것이다. 서러움에 말이 안 나와도 그는 일정한 박자로 천천히 당신의 등을 토닥이겠지. 그리고 부은 눈을 귀여워하며 맛있는 거 먹으러 가자며 손깍지를 끼울 것이다.

쉽게 쓰러지고 싶지 않은 그대. 그 마음은 나도 잘 알고 있다. 하지만 더는 울음을 참지 못할 것 같을 땐 사랑하는 사람에게로 가 아이처럼 어리광을 피워도 된다. 우리도 한없이 약해질 때가 있지 않은가. 연인의 가슴팍에 두꺼운 자국을 남기고 숨을 고르다 보면 짙은 우울은 소리 없이 사라질 것이다. 그리고 이 시간을 감사해하며 나도 언젠간 당신의 우울을 온전히 위로해주어야 겠다는 생각을 하며 마음을 굳히면 되는 것이다.

늘 서운하지만 없으면 안 되는 사람. 어리숙한 어른이 된 우리는 이제 엄마 아빠에게 어리광을 부리지 못하니 내 옆에 있는 당신에게 앙탈을 부릴 수밖에 없다. 고장 난 나를 고쳐줄 정비공은 당신밖에 없다.

집이 아닌 누군가의 품으로 달려갈 수 있다는 사실만으로
사랑의 가치는 증명됩니다.

퇴근길 합정역에서

　남자에게 작은 꽃을 선물 받은 여자의 눈에도 웃음꽃이 폈어요. 6시 30분 퇴근길. 붐비는 합정역에서 만난 그들은 아마 저녁을 먹기 위해 이 지옥철을 뚫고 만났겠죠. 감히 예상하지만, 미리 꽃을 사 헝클어지지 않게 손에 꼭 쥐고 온 그도 그녀만큼 행복했을 거예요. 원래 선물은 주는 사람이 더 행복하다고 하잖아요.

　웃는 그녀를 바라보던 남자의 얼굴에도 웃음꽃이 만개했습니다. 찰나의 순간이었지만 그 장면은 제게 드라마나 다름없었어요.

　그들은 어떤 사랑을 하고 있을까요. 별다를 것 없이 그저 서로의 삶을 지지하며 보통의 만남을 이어오고 있겠죠? 사랑을 하면 사람이 물러져서 더 큰 로맨스를 꿈꾸기도 하는데 사실, 당신이

나 나나 저런 사소한 순간을 제일 좋아하잖아요. 아무렇지 않은 날에 꽃을 선물해 주고, 지친 하루를 궁금해하고, 식당에서 메뉴를 고르고 같이 산책을 하는 것. 큰일은 아니지만 사랑을 하는 이에겐 되게 거대한 일이랍니다. 혹시 당신은 사소한 순간이 겹겹이 쌓이는 기적을 믿나요. 저는 그 겹을 떠올리며 사랑은 아주 잘 구워진 크루아상이라고 생각했어요. 왜 층이 많으면 잘 만든 빵이라고 하잖아요.

어쨌든, 그런 사랑을 동경하고 있는 저로서 그들이 오래오래 행복했으면 좋겠다고 생각했습니다. 당신의 작은 행동은 제게 큰 로맨스였어요. 합정역의 로맨티스트인 당신. 그 마음 변함없이 가지고 오래오래 예쁘게 사랑하길 바라요.

낯선 곳의 연인을 바라볼 때 저는 그들의 사랑을 몰래 연구하곤 합니다.
아름다운 걸 보고 있으면 변함없길 바라게 돼요.
그 마음으로 그대를 잠시나마 응원했습니다.

혹시 몰라 남겨놓는 것

나는 그런 마음이 좋다. 혹시나 몰라 무언갈 남겨놓는 것. 그러니까, 허기가 져 그릇을 다 비워내도 되는데 나중에 배고플 누군가를 위해 일부를 남겨놓는 마음이. 누군가의 배려는 일상의 냉기를 단숨에 데워주기도 해 나에겐 꼭 필요한 감정이었다. 클래스를 진행할 때 작가들의 컵을 여러 번 살핀다. 잔이 비었다면 "한 잔 더 드릴까요?" 하고 묻는 것이다. 하지만 만들어 놓은 커피는 정해져 있기에 잔을 가득 채울 순 없는 노릇이다. 그래서 '저 작가님도 잔이 곧 빌 것 같은데' 하며 여분의 커피를 남겨놓는 것이다. 나야, 물만 마셔도 좋으니까.

수업이 끝나고 남겨두었던 커피가 그대로였지만 속상하진 않았다. 저기 유리병에 식어있는 커피가 당신이 나를 위해 무언갈 남겨두었던 사랑과 비슷한 것 같은 느낌이 들어서다. 함께 먹으려고 산 과자를 찬장에 넣어두는 것. 식당에서 상대의 식사 속도를 맞추는 것. 더 나아가 그 사람을 위해 무언갈 구비해두는 마음은 차디찬 겨울을 보다 따뜻하게 보내게끔 한다.

남겨놓는 것은 또 다른 말로 기다리는 것이다. 늦은 하교 후 배가 고파 허겁지겁 찌개와 밥을 먹는 나를 보며 엄마는 저녁에 김치찌개를 조금 남겨놓길 잘했다는 생각을 했을 것이다.(큰 고기 몇 조각도) 이런 마음은 친구나 연인에게도 여실히 적용되지 않던가. 늦은 사람을 위해 자리를 하나 비워두고, 조금 늦게 젓가락을 들고, 종이가방에 작은 선물을 들고 오는 건 이미 일상 곳곳에 자리하고 있었다. 그래서 받은 마음을 잊지 않고 더 큰 온기로 돌려주는 것이 중요하다.

책상 위에 있는 커피가 남아있지 않아도 좋고, 남아있어도 그것이 전혀 아깝지 않다. 내가 이런 마음으로 살아간다는 게 그저 좋았을 뿐이니까. 나는 온기를 가지고 있다. 그러므로 앞으로도 누군가를 위해 많은 것을 남겨놓을 것이다. 오래된 관계를 보면 이런 가벼운 희생이 곳곳에 묻어있더라. 관계의 밀도를 올릴 수 있는 작은 이유 하나를 찾아냈다.

욕심내지 않고 늘 당신을 위한 한 조각을 남겨두어야지.

양화대교

우리는 괜찮아. 양화대교에서 같이 바람을 맞자. 서로의 머리 칼을 만져주고 가벼운 포옹을 해도 좋아. 문방구에 들어가서 만 원을 쓰자. 하고 싶은 요리가 없어도 마트에 들리고 가끔은 사람 들이 가득한 곳에서 술도 진탕 마시는 거야. 똑같은 니트를 입고 현실에서 동떨어진 여행 계획도 세워보자. 아무렴, 이루어지지 않아도 괜찮지 않을까.

일이 힘들지? 그 사람은 아직도 널 괴롭혀? 난 요즘 좀 벅차 더라. 그래서 칭얼거리고 싶었어 애교도 부리면서. 서로의 위치 에선 그리도 어른이면서 왜 자꾸 당신 앞에선 퇴행하는 걸까. 오 은영 선생님이 그러는데 이게 사랑하는 사람의 정상적인 모습이 래. 정상적인 퇴행이라 얼마나 다행인지 몰랐어.

우린 서로에게 둥지겠지? 어미 새가 나뭇가지를 하나씩 물어와 차근차근 집을 만드는 것처럼 우리도 함께 시간을 보내며 안식처를 만드는가 보다. 그 사실만으로도 마음이 벅차. 벅차다는 건 울음이 나올 것 같다는 뜻이잖아. 근데 슬퍼서 우는 게 아니라 기분이 참 묘했어.

지금도 좋지만, 나 조금 더 강해질게. 무슨 일이 있든 괜찮다고 말할 수 있게끔. 그리고 우리는 괜찮을 거야. 그러니 양화대교에서 밤바람을 맞자. 이불 속에서 서로를 끌어안고 추운 겨울을 보내자. 손이 아플 정도로 깍지를 끼자.

안부를 망설이는 우리

"보고 싶다"라는 말을 차마 하지 못할 때 우리는 종종 안부를 묻습니다. 직접 마주하고 싶다는 말이 낯간지러워 밥은 먹었냐는 둥 아픈 데는 없는지 살짝 둘러대는 것이죠.

누군가가 보고 싶다는 건 어떤 의미일까요? 단순한 외로움도 있겠지만 빠른 현대사회에 도태돼 조금 지쳤거나, 타인의 행복이 선명하게 눈에 보일 때 우린 주변을 살피곤 합니다. 행복했던 기억을 떠올리면 당신이 있거든요. 그래서 보고 싶다는 생각을 했겠죠. 하지만 매번 안일했던 우린 단순히 '내 사람'이라는 이유로 상대에게 무관심하기도 했어요. 그래도 그 사람은 유쾌하게도 내 말을 받아주네요. 그러다 두런두런 나눈 대화가 일상에 얼마나 큰 힘이 되는지. 다시 만날 날을 기약하며 곱게 하루를 마무리했어요. 물론, 실체 없는 약속이 난무하지만 꾸준히 연락을 주고받는 애틋한 사람과의 약속은 무리를 해서라도 지키고 싶어요. 이런 마음이 얼마나 소중한지…. 확실히 삶이 퍽퍽해졌나 봐요.

삶은 사람이 전부라 해도 과언이 아니기에 자주 보고 싶은 사람은 아귀에 힘을 주어서라도 놓치지 않아야 합니다. 정말이지, 나이를 먹어 갈수록 그런 사람은 잘 나타나지 않으니까요. 그러니 가끔은 메신저에 들어가 그 사람에게 먼저 안부를 물어보세요. 대화를 하다 보면 분명 미소를 머금고 있을 겁니다. 그리고 보고 싶다면 보고 싶다고 꼭 말하세요. 이 작은 한 마디가 큰 감동인 건 당신이 제일 잘 알잖아요.

지금 생각나는 사람이 있나요?
그렇다면 책을 잠시 덮어두고 옆에 있는 휴대폰을 커세요.
그리고 말해보는 거예요.
오랜만에 생각이 났다고. 그리고 참 많이 보고 싶다고.

여백의 미

잘 어울리고 싶다는 생각을 한 적이 있습니다. 나도 모자가 잘 어울렸으면, 코트가 잘 어울렸으면, 그 사람과 잘 어울렸으면 하는 시기가 있었죠. 그런 생각을 하다 보면 저도 모르게 입이 조금 튀어나오곤 했는데 가끔은 그게 웃겨 혼자서 콧방귀를 뀌곤 했어요.

전 언제든 아쉬움에 뒤를 돌아보았던 사람이었습니다. 그러니까, 줄곧 세상에 잘 어울리는 사람이 되고 싶었거든요. 어디에 내놓아도 한 점 부끄럼 없고 가능하다면 당신의 틈에 몸을 구겨서라도 인연을 완성시키고 싶었어요. 인생은 여백의 미를 가질 때 더 아름다워지는 것이라는데 우린 왜 항상 결핍으로 모든 걸 치부할까요. 부족함을 사랑하는 게 얼마나 가치 있는 일인지, 잘 어울리고 싶은 마음은 그저 귀여운 앙탈로 여겨도 되지 않을까 싶습니다.

그러고 보면 사랑에 빠진 건 상대의 투박함 때문이었고 이젠 시끄러운 것보단 차분한 것이, 휘황찬란 옷보단 나에게 맞는 가벼운 옷이 좋습니다. 모자 따위는 어울리지 않아도 괜찮지 않을까요.

가끔은 누군가의 여백을 사랑해 주었으면 해요. 그럼 우린 이 세상에 더 잘 어울릴 수 있을 거예요. 가득 채워진 것을 쫓는 것보단 빈틈을 찾는 사람이 되면 당신이 조용히 한 자리를 내어주리라 믿습니다.

억지로 맞추려는 것보단
내가 들어갈 수 있는 공간을 찾을 수 있는 선구안을 가지길 바라요.
당신이 뭐가 부족하다고요.
오로지 당신만 들어갈 수 있는 자리가 분명 있습니다.

보물 상자

우리에게는 숙성된 리스트가 있다. 만약 누군가와 함께한다면 반드시 이곳에 와야지. 꼭 이걸 해봐야지! 같은 로망이 있는 것이다. 그것이 이루어지지 않아도 속상하진 않지만 이런 바람은 메마른 마음에 단비고 없던 사랑을 떠올리게 한다. 당신이 좋아하는 그곳. 그리고 좋아하는 날씨. 11월에 하고 싶었던 데이트. 가고 싶어 했던 식당. 플랫 화이트가 맛있는 집, 고즈넉한 공원, 1시의 바다, 빌 에반스, 클래식 공연, 새벽에 일어나 도시락을 싸는 일, 청바지와 셔츠, 버스를 예매하는 일, 제철 음식에 소주 한 잔, 새벽 탈출 등 우리의 안주머니 속에는 순수한 기대가 가득 차 있다.

당신은 사랑하는 사람이 생겼을 때 무엇을 하고 싶은가. 만약,

아무것도 없다면 곧 다가올 그를 위해서라도 사진을 찍고 메모를 남겨놓자. 작은 버킷리스트를 품에 안고 있는 것만으로도 인생은 더 행복해진다.

부디 그대가 사랑을 하지 않아도 낭만만은 잃지 않길 바란다.

당신과 새벽에 국밥을 먹는 일.
퇴근 시간에 맞춰 차로 데리러 가는 일.
함께 장을 보는 일.
그 사람 앞에서 우는 일.

부족함을 애정합니다

　사람 마음이 참 간사한 게 어제 못나 보이던 것이 오늘 예뻐 보이고 그런다. 그러고 보면 이 세상 모든 것에는 고유의 어여쁨이 있었다. 자꾸 봐야 더 예쁘다는 말이 틀린 것 하나 없는 것이다. 안타깝게도 가공된 것에 절여진 내 눈은 누군가의 겉치레를 동경하고 있었다. 정말이지, 이런 걸 바랐던 게 아니었는데.

　나는 낡고 지지부진한 것이더라도 그 안에 있는 아름다움을 알아차리는 선구안을 가지고 싶다. 그래서 그대의 모습을 우주처럼 여기며 무한히 탐험하면 할수록 새로운 매력을 발견할 수 있다는 걸 인정하고 또 증명하고 싶다.

　물론, 나도 누군가에게는 독버섯처럼 보일 것이다. 하지만 이런 못난 나를 구름처럼 봐주고 따뜻한 차처럼 여겨주는 이가 있으니 그것에 감사하며 너른 마음으로 사랑을 더 사랑하며 살아가야 하지 않을까.

그래, 어찌 모든 걸 아름답게만 볼 수 있을까. 간사해서 인간이고 부족해서 더 사람다운 것이다. 세상에는 존재 자체로 순수하고 빛나는 것이 많으니 부족한 것이 최대치의 사랑스러움을 유발하는 것을 꿋꿋이 믿고 나부터 그이의 어여쁨을 알아차리리라.

그리고 힘껏 손을 내밀며 나의 신념을 굳게 전해주자. 미지의 세계를 찾은 사람처럼 해맑게 웃어 보이고 맛있는 저녁을 대접하자.

나의 어설픔이, 나의 못난 점이, 나의 우울이
부디 그대에게 사랑스럽기를 바랍니다.

현관에서

사랑 앞에서 전략적인 사람이 되긴 싫지만 그래도 집을 나설 때 저는 비장한 마음으로 거울 앞에 섭니다. 코트의 보풀을 하나라도 더 떼어내고 바지를 털고 머리를 만지는 일. 그건 단지 사랑받고 싶은 저의 비장한 마음인걸요. 당신과 좋은 시간을 보내고 싶습니다. 집에 돌아왔을 때 울상을 짓긴 싫어요.

시계를 재차 확인하고 현관에 머무는 시간은 늘 긴장입니다. 이 문을 열고 나면 돌아갈 수 없고 이 모습 그대로를 당신에게 보여주기 위해 사력을 다해야 하거든요.

나는 당신에게 잘 보이고 싶습니다.
당신한테 지독하게 사랑받고 싶어요.

10월의 사색

저질러버린 행동, 적당한 시선 의식, 중요한 약속, 가까웠던 배신, 타인의 연애관, 굶주림과 외로움, 시기적절한 욕구, 새로 생긴 가면, 언쟁을 피하지 않는 것, 잠을 자지 않는 고집, 방전된 에어팟, 아껴두었던 옷, 내게 실망했다는 걸 알았을 때, 썩은 이별, 축적된 피곤함, 인스턴트 사과, 마음속의 악마, 타인의 불행, 낯선 이의 행복, 길을 잃은 사람, 깜빡이는 초록불, 만성 소화불량, 지혜로운 시샘, 허공을 바라보는 일, 퇴근길 포장마차, 꽤 자연스러웠던 욕, 사별과 이별, 필요하지 않은 결핍, 비밀스러운 취향, 수줍은 고백, 억지로 웃지 않는 마음, 어색한 대화, 퇴색된 너그러움, 눈물의 타이밍, 어른을 부정하는 것, 스쳐 지나간 인연, 사랑에 대한 동경, 막연함, 구멍이 뚫린 기대, 허풍을 알아차리는 눈, 오래된 셔츠, 금이 간 유리잔, 맑은 소주, 나무를 보는 일, 검지의 반지, 그래도 마음을 여는 것, 도망칠 채비, 비상구.

그럼에도 불구하고 행복을 바라는 마음.

지독한 사람

그는 미안한 마음이 드는 것을 사랑이라 여겼다. 아무것도 하지 않았는데도 불구하고 계속 미안한 마음이 들고 죄스러운 것. 이건 절대로 쉬운 일이 아니었기 때문에 그는 좋은 연애를 하면서도 자신의 감정에 미안함이 있는지 살폈다. 참 위태롭기도 하지.

그렇다면 안정된 사랑은 무엇일까. 시간이라는 파도에 유유히 몸을 맡기는 것일까 아니면 좁은 울타리 안에서 팔다리를 배배 꼬은 채로 떨어지지 않는 것일까. 사랑은 적당한 자유와 속박이 필요한 법인데 우린 이것을 완벽히 행할 수 있을까. 친구의 이별 소식을 들은 그는 난간에 턱을 괸 채 담배를 태우며 물었다.

"그 사람한테 미안하지 않아?"

그러니 못난 얼굴로 죄다 미안한 것뿐이라고 말한다. 그 말을 듣고선 만족스럽게 고개를 끄덕인다.

'맞아, 그게 바로 사랑이지.'

그러고 보면 모두 이별을 경험하고 나서 사랑의 무게를 실감하더랬다. 그도 그럴 것이 이별로 인간을 잃으며 미안하다는 말만 내내 뱉어냈던 경험은 사랑을 정의하는 데에 아주 큰 도움이 됐다.

마음은 절대로 비례하지 않는다. 그래서 빈틈이 생기는 것이고 쓸쓸함에 점철된 이가 눈물을 흘리는 것이다. 본디 사랑은 뜨거운 마음을 녹여버리고 서로에게 맞게 굳혀가는 것이 아니던가. 거기서 무릎을 탁! 친 그는 마음이 큰 사람이 죄스러운 마음을 갖는 건 너무나 자연스러운 일이라고 생각했다. 그렇게 그의 사랑은 미안함으로 완성됐다. 물론, 그가 말하는 정의가 정답이 아닐지 몰라도 누군갈 사랑하고, 사랑했던 당신은 늘 슬프고 미안한 마음이 가득했을 것이고 더 주지 못함에 발을 동동 굴렀을 것이다. 그래, 그것이 진정한 사랑이라고 그가 자신 있게 소리친다. 정말이지, 고집불통인 사람. 하지만 가끔은 이 사람의 말을 그대로 믿고 싶을 때도 있다. 나도 당신에게 미안한 것이 참 많았으니 말이다.

어쩌면 사랑은 죄일까.

이별의 아픔은 왜 항상 미안함으로 완성되는 것인지.

고집 있는 그를 맹신하고 싶던 날이 있다.

당신이 정말 미안했다면,

지독하게 사랑했다는 증거로 여기세요.

내 사랑에게

그 사람이 잡아주지 못한 외로움이 있었다. 그러니까, 나는 인간에게는 두 가지 외로움이 존재한다고 생각했다. 하나는 사람에 대한 외로움 그리고 하나는 삶에 대한 외로움. 그러니 너무 서운해하지 말라고 그에게 말했다. 적어도 당신과 함께 있을 땐 쓸쓸함이라는 단어는 내게서 사라졌으니 말이다. 하지만 가끔은 인생이 칠흑같이 느껴져 오한이 느껴질 때가 있었다. 잘 살아내고 있는 것에 대한 고뇌와 두려움은 나를 옭아매고 가둔 뒤 맑은 시야를 멀게 했다. 한데 이 마음이 왜 당신 탓인지, 난 그것을 설명해 주고 싶었다. 이건 본질적인 것이라고. 당신도 나처럼 이런 외로움을 느낄 때가 올 거라고.

하지만 사랑하는 사람이 외롭다고 말하는 것만큼 서운한 건 없을 것이다. 그 점을 모를 리가 없지만, 서로의 외로움을 이해하게 되면 조금 더 넓은 마음으로 사랑을 할 수 있지 않을까 하는 생각이 들었다. 그래서 커피를 마시다, 퇴근을 하다 이렇게 글을 쓰는 것이다.

사랑아.

사랑이라고 일컬을 수 있는 것들은 내 생에 몇 없었다. 나는 더 이상 천진난만한 어린애가 아닌걸. 인생은 원래 덧없다고 하니 가끔은 바스러지는 내 모습도 당신이 사랑해 주었으면 좋겠다. 언젠가, 우울이 파도처럼 밀려오면 당신도 깊은 동굴 속으로 들어가도 된다. 기다리고 안아줄 준비는 늘 되어있으니까. 그러니 우리 서로의 외로움을 이해하자. 나의 우울은 썰물 끼가 보이니 언쟁과 피로는 내려놓고 천천히 걷자. 나는 당신이 사랑하는 사람. 당신은 내가 사랑하는 사람이 아니던가. 다른 것 다 필요 없이 우린 우리를 이해하며 살아가면 된다.

그래도 미안한 내 사랑.

이런 지독한 나를 이해해줬으면.

외로움을 이해하는 영역에 도달했을 때
우린 보다 진실된 사랑을 할 수 있게 될 겁니다.

힘들 때 생각나는 사람이 있다.
하지만 그 사람에게 쉽사리 연락을 하지 못하는 것이
지금 우리의 마음이다.
사랑하면 전부 배려가 된다.
그를 아프게 하지 않고 싶은 마음이 드는 것이다.
우리는 이것을 사랑이라 부른다.

땀을 흘리는 남자

더 잘 보이기 위해 변할 필요는 없어요. 나는 덤벙대고 투박한 당신의 모습에 혼이 나갔는데요. 당신을 좋아하는 건 철저한 저의 이기심입니다. 어쩌면 지금의 모습을 원하는 것 또한 저의 욕심일지도 모르겠네요. 그렇지만 내가 좋아하는 당신은 오늘 가장 예쁘고 사랑스럽습니다.

이대로가 좋다는 생각을 너무 자주 한 탓인지 녹록했던 마음이 걷잡을 수없이 커졌어요. 이런 말을 하지 않으면 거짓말을 하는 것 같은 기분이 드는걸요. 그러니 거기 그대로 계셔요. 물이 필요하면 내가 떠다 줄게요. 저기로 가야 하면 어부바도 좋고 팔짱도 열어줄게요. 나한테서 멀리 떨어지지만 말아줘요. 나는 우리의 관계가 시간의 촛농에 굳어 쉽게 떨어지지 않은 상태가 되었으면 좋겠다는 생각을 합니다. 세월에 의해서만 변하는 그런 눅눅한 사랑말이에요. 당신만 괜찮다면, 우리 무던하고 지지부진한 사랑을 나눠봐요. 알 수 없는 미래에 굴복하지 말고 둘이서 함께할 나날을 계획하며 지내봐요.

한참 부족한 사람인 걸 알지만 당신만 있으면 이상하게 모든 걸 해낼 수 있을 것 같습니다. 이 포부에 책임을 질 수 있게 기회를 주세요. 지루하게 행복하게 해준다는 말보단 당신에게 불행이 찾아와도 나라는 존재로 그것을 이겨낼 수 있게 할 겁니다.

많이 좋아해요. 이제야 이렇게 고백을 합니다.

당신에게 진심이 통했다면,
이제 이 남자 이마에 땀 좀 닦아주세요.

자두

과일을 그리 챙겨 먹지 않는다. 즐기지 않는다고 해야 하는 게 맞을까. 어쨌든 누가 챙겨주지 않는 이상 과일은 내게 예쁜 열매에 불과했다. 집 앞에 작은 과일가게가 있지만 매번 그곳을 무심히 지날 뿐, 하나 기억나는 건 쪼그려 앉아 수박을 통통 치던 한 사람뿐이다. 되게 매력적이었는데 말이야.

아, 요즘은 일이 도통 손에 잡히지 않는다. 당장이라도 떠나고 싶은 마음에 오전에 집중하고 오후에는 멍을 때리는 편이다. 펜을 톡톡, 애꿏은 마우스 소리만 내면서 나는 멈춰있는 삶에 대해 생각했다. 사랑도 일도 다 흐지부지라 일상이 지루함 그 자체였기 때문이다. 그렇다면 맛있는 걸 먹어야지. 근래에 집밥이 먹고 싶어서 퇴근을 하고 자주 가던 식당으로 향했다.

"저 왔어요."

잘 구운 불고기 위에 체다치즈를 녹여주고 3가지 나물과 갓 무친 겉절이, 뜨끈한 콩나물 황탯국이 나와서 얼마나 기뻤는지 모른다. 이곳은 매일매일 메뉴가 바뀌는데 미리 전화하면 묵묵한 사장님이 천천히 메뉴를 읽어주신다. 사장님이 하고 싶은 음식을 먹는 게 여기에 오는 손님의 사명인 것이다. 좁은 바에 앉아 자그마한 접시에 담긴 음식을 하나씩 비워낸다. 쌀알을 씹으며 나는 몇 번 한숨을 쉬었지만, 재즈를 들으며 한식을 먹는다는 건 역시나 기분 좋은 일이었다. 뭔가 소화도 잘되는 것 같고 말이야.

"사장님은 요즘 행복하세요?"

그릇을 거의 다 비웠을 때쯤 젓가락을 내려놓으며 내가 물었다.

"행복하기보단 즐거워요."
"왜요? 어떤 게 즐거웠어요?"

눈을 동그랗게 뜨고 물으니 사장님은 내게 작은 접시 하나를 내밀었다.

"사계절 내내 제철인 것들이 한가득이잖아요."

접시에는 새빨간 수박 4조각이 담겨있었다. 후식으로 나온 과일이었다. 괜히 치! 하고 심통을 내고 수박을 하나 베어 문다. 입안에서 바스러지며 설탕물이 혀 곳곳에 퍼진다. 사각사각 소리와 함께 눈이 번쩍 떠졌다.

"세상에, 이거 왜 이렇게 달아요?"
"그야 제철이라서요."

누텔라 잼을 처음 먹었을 때처럼 나는 연달아 수박 4조각을 먹어 치웠더랬다. 반찬 향이 입에서 사라지는 상쾌함과 무엇보다 기분이 좋아지는 게 신기했다. 사람들이 이래서 과일을 먹는구나. 기분 좋게 배가 부르다. 조금만 쉬다 동네 한 바퀴 돌고 집에 가야지.

그 후로 몇 마디 대화를 더 주고받고 가방을 챙겼다.

"오늘도 잘 먹었습니다."

사장님과 인사를 나누고 문을 여니 해가 저물어가고 있었다. 나른하다. 역시 이런 게 행복이지. 이곳에서 알게 된 나희경의 Acaso를 들으며 언덕을 내려간다. 제법 선선한 바람이 불어 걷기 좋은 날씨였다. 골목을 돌고 돌다 목덜미에 미세한 땀이 느껴질 때 방향을 틀었다. 그러다 마주한 과일가게. 형형색색의 아이들이 빛을 뽐내고 있다. 제철 과일이나 좀 사갈까 하면서 이리저리 살펴보는 척을 한다. 이실직고하자면 옆쪽에 그때 본 남자가 한 손으로 자두를 먹고 있었다. 이 동네 사람이 맞나 보다. 되게 후리한데 멋지네.

어디서 본 기억이 있어 중지를 접어 수박을 통통 쳐보고 작은 수박과 자두 한 봉지를 구매했다. 다 먹을 수 없다는 걸 알면서도 산 건 제철이고 그 사람이 자두를 너무 맛있게 먹어서다. 어쨌든 턱에 힘을 주고 한 손에는 수박, 한 손에는 자두를 든 채 집으로 향한다. 그 사람이 한 번 쳐다봐 주었으니 그걸로 된 거다. 다음에 또 마주칠 수 있겠지? 과일가게의 인연으로 사랑을 시작한다면 상대방과 제철 과일을 마구 먹을 수 있겠다는 생각을 했다. 망상은 그만. 샤워를 하고 플라스틱 통에 수박을 썰어 담으리라 다짐해본다.

붐비는 사람들. 오토바이 소리가 우렁차게 울리는 서울의 밤.

나는 오늘 제철 과일을 샀다.
외로웠지만, 외롭지 않은 밤이었다.

파도에 상념을 버리러 가자

그녀는 상념이 가득한 얼굴을 띠고 나에게 바다에 가자고 말했다. 아무래도 바다를 오염시켜야 할 것 같다고. 그래서 우리는 가방에 몇몇의 기억과 상념을 눌러 담고 서해로 향했다. 5월의 한 가운데. 날씨는 평화롭고 흠잡을 데가 없다. 물결이 아주 잔잔한 곳에 가방을 벗어두고 앉아 하염없이 시간을 보낸다. 억세고 못난 기억이 윤슬 사이로 은은하게 퍼져나갔다.

나는 그녀의 얼굴을 살펴보지 않는다. 자신을 아프게 하고 성나게 했던 것을 지우느라 인상을 찌푸린 것보단 편안함에 이른 연인의 얼굴이 보고 싶어서였다. 일정한 박자로 들리는 둔탁한 파도 소리. 모래를 휘감고 돌아갈 때마다 우리는 무거운 마음을 조금씩 떼어 바다에 흘려보냈다.

생각해 보면 참 우스운 일이지, 바다에 상념을 흘려보낸다니. 허나 그녀와 나는 마음에 남은 최후의 순수함을 믿기로 했다. 지독한 현실 속에서 우리만의 미신이 있다면 꽉 막힌 삶에 숨통이 트일 거로 생각했으니까.

조금 있으면 바람에 휘날리는 머리카락 사이로 내 사랑의 미소를 다시 볼 수 있을 것이다. 윤슬이 밝았던 만큼 치유 받았을 테니 아이처럼 해맑을 테지.

몇 시간 째 대화가 없지만, 그 누구보다 서로에게 기대고 있기에 이 침묵 또한 사랑이라 여겨본다. 그녀가 행복했으면 좋겠다. 그리고 우리의 배낭이 한결 가벼워졌으면.

괜찮아졌다고 말해준다면 서둘러 입을 맞춰야겠다.

"나 배고파"

무장해제

나는 당신이 못난 사람이 아니라는 걸 안다. 그러니 가끔은 화를 내어도 된다. 표정을 숨기지 않아도 된다. 나는 당신이 싫어하는 채소를 알고, 어떤 차를 즐겨 마시며 어떤 단어를 좋아하는지 알기에 조금은 당당히 사랑을 외칠 수 있다. 그러나 우리가 하는 것이 완벽한 사랑인가? 나는 당신이 어떨 때 고개를 숙이고, 어떨 때 가장 큰 행복을 느끼는지 모른다. 어떤 식물을 가장 좋아하고, 빨간색을 보았을 때 어떤 느낌이 드는지, 하늘을 보며 무슨 생각을 하는지도 모르는 것이다. 이런 내가 완벽한 사랑을 하고 있다고 감히 어깨를 내밀 수 있는가.

아직 알아가야 할 여지가 수두룩하다. 무릇 사랑은 시간에 의해 상대를 헤아리는 일이 아닌가. 평생을 만나도 그 사람을 다

알 수 없다니 인간이라는 존재는 어쩌면 하나의 우주일지도 모른다. 칠흑 같지만 그런 망망대해에서도 당신의 빛은 영롱하니 나는 그 빛을 등대 삼아 당신을 사랑을 할 수 있다. 아무것도 모른다는 이유로 뻣뻣할 필요가 없다. 함께 세월을 쌓으며 두런두런 이야기를 나누고 어떨 땐 엉엉 울고 웃으면 되는 것이지 꼭 매 순간 태양처럼 뜨거워야 할까.

나는 과거 그 무렵의 당신을 사랑했고, 오늘 조금 지쳐 보이는 그대를 애중하며, 훗날 내 옆에서 새근새근 자고 있는 모습을 어여쁘게 여길 것이다. 그러니 내 앞에서만큼은 조금 헐거워져도 된다. 종이처럼 구겨지고 솜털처럼 가벼워져도 된다. 나는 다 괜찮으니까.

가끔은 나체로 살아가는 기분이 든다. 정말이지, 이 사람 앞에서만큼은 무장해제가 되나보다. 가면을 쓰기 바빴던 나에게 당신은 영화로운 축복이며 내가 갚아야 할 은혜다.

숲

    사랑의 정의를 세우지 못할 땐 종종 고개를 돌린다. 악에 치이는 사랑도 있지만 바라만 보아도 울 것 같은 애틋한 사랑이 있기 때문이다. 서로에게 무엇을 했느냐가 중요한 게 아니라 어떤 희로애락으로 사랑의 세계를 구축했는지 알 수 있다면 그것만큼 좋은 교본도 없을 것이다. 세월만큼 뿌리가 있을 것이고 함께 보낸 계절의 수만큼 추억의 산이 쌓였을 것이다. 남들 시선 따위 신경 쓰지 않고 이별이 곧 죽음인 마냥 넉넉한 마음으로 사랑을 하는 건 드넓은 숲을 만드는 큰 요건이 될 수 있다. 안심보다 더 큰 안식의 사랑을 해본 적이 있던가. 당신과 나는 항상 이기심에 눈이 멀어 애꿎은 나무에 불을 붙였을 뿐이다.

    우리가 이해하는 것은 모두 사랑으로 이루어져 있다고 한다.

그래서 사랑은 마른 마음의 혁명이며 건강한 광기와도 같다. 또한 주고받는 마음에서 생의 최고의 행복을 느끼니 사랑을 두려워하는 사람은 삶을 두려워하는 것과 같다고 할 수 있다. 하지만 이것 또한 한낱 이론일 뿐, 저기 서로를 끌어안고 있는 연인을 동경하며 어깨너머로 사랑을 점쳐본다.

나도 언젠가 숲을 만들 수 있을까. 되돌아갈 수 없는 광활한 숲을 만든다면 영원이라는 말을 감히 내뱉을 수 있을지도 모르겠다. 확실한 건 불확실함의 믿음이 나를 더 깊은 사랑으로 이끈다는 것이다. 사랑의 안정이 삶의 목표니 녹음을 위한 씨앗을 바지런히 뿌려야겠다. 건초에 불이 잘 붙듯, 마음을 메마르게 한다면 쉽게 발화될 테니 항상 수분을 머금고 있어야지. 그리고 숲을 만들기 위해선 필히 긴 세월이 필요하다는 걸 스스럼없이 인정해야겠다.

나도 누군가에게 악인이었다

잘해주고 싶은 사람이 생겼다. 근데 그만큼 잘해주고 싶지 않은 사람도 생겼다. 이 사실에 내가 못나 보인 건 어찌해야 할까. 모든 사람에게 좋은 사람이 되고 싶은 욕심이 나를 인공적으로 만든다. 하물며 나도 작은 것에 상처를 더러 받고 사는 사람인데 타인에게 손톱자국을 내는 것쯤은 괜찮지 않을까. 갑자기 화가 나면서도 이건 죄책감의 문제라며 다시 눈꼬리를 내린다. 그래, 모든 게 죄책감이다. 후회든, 눈치든, 상처든 더 현명했다면 괜찮았을 거라는 자책이 마음에 큰 회오리를 만든다. 지지부진한 감정 낭비와 다툼을 피했던 건 착한 탈을 쓴 나의 이기심이었을까. 어쩌면 감정적일 때 수차게 했던 후회를 지레 겁먹고 있었는지도 모른다. 분명 바다보다 호수가 평온하니 말이다.

누군가가 미운 적은 있었지만 싫었던 적은 정말 없었다. 하지만 사랑을 알아가는 만큼 분노와 혐오도 착실히 배워가고 있었다. 하늘이 높아진 만큼 지하도 깊어진 것이다. 그 사이에서 중심을 잡고 있기엔 이 중력이 너무 힘겹다는 생각이 든다.

그래서 어느 날엔 이런 생각을 했다. 내 사람들에게만 모든 걸 쏟아내고 싶다고. 여기에는 나의 이미지를 위해 마음을 가식적으로 쓰고 싶지 않다는 암묵도 담겨있었다. 한데 글을 쓰면서 생각하니 난 이미 상처가 두려워 내 사람들 옆에 꼭 붙어서 모든 것을 내어주고 있었다. 싫어하는 사람 또한 고작 한두 명. 대체 뭐가 문제였던지. 내뱉으려고 했던 말을 다시 고이 접어두기로 한다.

나는 내가 좋은 사람으로 보이지 않는다는 것이 제일 억울하고 고통스러웠다. 있지도 않은 일에 아파하는 꼴이 제일 바보 같다는 걸 알면서도 왜 그랬는지. 잘해주고 싶지 않은 사람에게는 이미 냉정하고 뾰족한 사람이었다. 기억하자. 난 명배우도, 그리 뻔뻔하지도 않은 서툰 사람이다. 우리도 누군가에게 악인이 될 수 있다는 것. 이 생각만으로도 숨통이 조금 트이는 기분이다. 하고 싶은 대로 하자. 사랑도 미움도 말이야.

상처받을 것 같은 느낌이 들 땐 먼저 칼을 뽑아도 됩니다.
망설이다 당신이 먼저 죽어요.

당연한 것이 아님을

먼저 사과하는 것이 항상 잘못을 시인하는 것은 아니다. 잘못을 따지는 것보다 당신과의 관계가 더 소중하기에 먼저 고개를 숙일 때가 있다. 사사로운 일로 그동안 쌓은 정이 무너지는 게 두려워 먼저 미안하다고 말한 거겠지.

전부 알아주길 바라겠는가. 그저 무탈하길 바라는 마음인데. 그러니 꿋꿋이 곁을 지켜주는 사람을 가끔씩 살펴보자. 상대가 먼저 사과를 했다면 한 번쯤은 고맙다고 말해주는 것도 좋겠다. 세상에 내 생각을 해주는 사람은 몇 없다. 감사할 줄 알고 그것을 입 밖으로 꺼내는 사람이 결국 사랑받는다.

사랑학자

사랑이 무엇이냐는 질문을 종종 듣는다. 근 7~8년 동안 사랑과 이별에 관한 이야기만 주구장창 내뱉었던 나는 사실 그 질문에 멈칫하는 경우가 많다. '사랑이 뭘까. 사랑이 뭘까.' 답을 말해주지 않으면 실망할 게 분명하니 사랑은 고통과 쾌락을 동시에 느낄 수 있는 유일무이한 감정이라고 말한다. 벌써 몇 년째 우려먹고 있는 사골 멘트다. 틀린 말은 아니기에 고개를 끄덕이지만 뭔가 개의치 않은 표정이다. 그러면 나는 역으로 질문한다.

"사랑이 뭔가요? 사랑은 뭐라고 생각하셔요?"

그러면 상대방은 입을 뾰족 모으고 눈동자를 올리며 골똘히 생각하는 표정을 취한다. 그러고 내뱉는 말은 전부 제각각이었기에 나는 고개를 끄덕일 수 있었고 또 금방 잊을 수 있었다. 만약 사랑에 정답이 있었다면 당신과 나는 연애 따위 하지 않고 살았을 게 분명하다. 쉽고 정해져 있는 건 흥미가 없을뿐더러 가치도 느껴지지 않기 때문이다. 이렇듯, 사랑은 불특정한 사연을 만들어내기에 자신만의 이야기를 만들 수 있다. 이것이 바로 사랑의 정의라고 나는 생각했다.

이런 이야기를 너무 많이 하다 보니 가끔은 지겹다고 생각하기도.(이 말은 이미 4년 전부터 해온 말이다.) 하지만 사랑만큼 방대하고 쓰기 좋은 글감은 없었다. 인생이라든가 실패 같은 주제로 글을 써 봐도 결국엔 사랑이 종착지였다. 이런 걸 보면 나는 참 외로운 사람이라는 걸 느끼곤 한다. 글을 쓸 때는 마치 애정을 구걸하는 사람의 마음이었으니 말이다.

당신에게 고통과 쾌락이라고 정의를 내렸지만, 나는 이 주제를 두고 아주 농밀한 대화를 나누는 게 좋을 것 같다는 생각을 했다. 치열한 공방을 통해 상대를 납득을 시키고 설득당하는 사이에 굳었던 마음이 스르르 녹지 않을까 싶었기 때문이다.

사랑의 종류는 딱 인구의 수만큼이라는 말이 있다. 각자의 경험을 다발을 짓는 건 의미 없는 일이라고. 우리의 사랑은 매일 선택하는 기로에서 달라지기에 모든 만남의 결은 다르고 서사

또한 특별할 것이다. 그래서 사랑을 정의하는 가장 좋은 방법은 관계를 깊이 고찰하고 나만의 잣대로 하나의 세계관을 만드는 것이다. 어느 날 만난 누군가와 세계관이 같다면 더할 나위 없겠지만, 그건 극악무도한 확률이기에 우리는 차이점에서 스파크를 튀기며 새로운 사랑을 깨닫고 신세계를 느낄 수 있을 것이다. 고집불통이어도 좋지만 가끔은 점토처럼 무너졌다 다시 모양을 만들어가도 된다. 사랑이 하트 모양이여만 하는 사람은 결국 시시하고 재미없는 이야기만 만들 뿐이다.

그리하여 나는 낯선 무언가를 받아들일 준비가 항상 되어있다. 그동안 느꼈던 사랑은 초콜릿처럼 달콤한 것이었지만 분명 레몬 같은 것도 있었으니 다른 맛도 슬쩍 기대해보는 것이다. 우리의 이야기는 어디서부터 시작될지 모르니 먼저 결과를 점치는 것보다 한 치도 알 수 없는 감정의 흐름을 감히 기다려본다. 상처받아도 좋다. 어쨌든 사랑은 아픈 것이니.

달콤한 것이 사랑이라는 말은 이제 내게 납득이 되지 않는 말이 돼버렸다. 이것에 나는 슬퍼해야 할까. 아니면 성숙으로 받아들여야 할까.

여전히 사랑은 내게 미제다.

좋은 사람

좋은 사람이라는 건 평균적이고 표준적이지 않습니다. 그러니 모두에게가 아닌 나에게 좋은 사람을 만나세요. 당신의 취향과 성격에 융화되고 삶의 빈칸에 잘 스며들 수 있는 사람을요. 그 사람은 누군가에게 그리 좋지 않은 사람일 수도 있습니다. 하지만 그 사실에 실망하지 마세요. 내게 좋은 사람이면 됩니다. 만인에게 착한 사람이 되는 건 애초에 불가능한 일이에요. 관계는 단둘이서 맺는 것. 악한 사람만 아니라면 괜찮습니다.

좋은 사람을 찾지 마세요.
내게 맞는 사람을 찾으세요.

옥오지애

옥오지애(屋烏之愛)

이 사자성어는 한 사람을 사랑하면 그가 사는 집 지붕 위의 까마귀까지 사랑한다는 뜻을 담고 있다. 누군갈 사랑하는 마음은 그 사람의 주위의 것까지도 어여쁘게 보인다는 것이다.

나 또한 옥오지애와 같은 사랑을 한 적이 있다. 당신을 이루고 있는 주변의 모든 것을 포용했었지. 그대를 좋아하기 시작하고 나선 먼저 나의 하루가 바뀌었다. 누군가의 하루가 옥구슬처럼 고귀해 티끌 하나 모나지 않게 지켜주고 싶어 소매를 걷은 것이다. 그래서 자주 안부를 살폈고 당신의 조각을 메모장에 남기기 바빴다.

"어느 계절을 제일 좋아하세요?"

"고기가 좋아요? 해산물이 좋아요?"

"잠이 안 올 땐 무엇을 하세요?"

"버스에서 어느 자리에 앉는 걸 좋아하세요?"

"어떤 사람을 싫어하세요?" 등등

무엇보다 그 사람이 싫어하는 행동을 하지 않기 위해 매사에 조심성이 강해졌다. 그 덕에 나는 당신을 잘 아는 사람이 되었다. 무엇을 못 먹는지, 산이 좋은지 바다가 좋은지, 어떤 걸 기피하고 어떤 음악을 좋아하며 하루는 어떻게 흘러가는지 다른 사람이 모르는 부분까지 알게 된 것이다. 여기서 나는 어깨를 들어 올리며 세상에서 내가 당신을 제일 잘 알고 있다는 착각을 했다. 당신은 그 모습조차 귀엽게 봐주었지. 누군가를 좋아하기 시작해 그 세계를 파악하는 과정은 내게 행복 그 자체였다. 몰랐던 매력을 발견하면 "유레카!"를 외치고 싶을 정도로 기쁘니 콩깍지가 쓰인 상태에서는 이에 낀 고춧가루조차 사랑스럽게 보인다.

그렇게 좋아하는 마음에서 사랑으로 변태된 마음은 나비처럼 훨훨 날아올랐다. 자기 전, 하루를 정리하며 긴 통화를 했고 눈꺼풀이 무거워 잠이 들 때 나는 말했다.

"잘 자. 사랑해."

"사랑한다는 말 잘 안 한다더니."

"그야 사랑하니까."

"정말 사랑해?"

"응. 사랑해."

사랑한다는 말을 서슴없이 꺼낸 건 정말 사랑해서였고 풍족한 마음을 신선하게 유지하려면 당신이라는 세계를 있는 그대로 포용해야 했다. 나는 당신이 들려준 이야기를 통해 그대의 어머니를 존경했고, 일터의 직원을 동정했다. 그리고 나에게 하는 잔투정과 불만, 나를 걱정 끼치게 만든 일까지 이해하기 이르렀다. 사랑은 어느 약물에 취한 것처럼 속절없이 나를 변하게 한다. 모든 게 사랑스러워 두 손을 모으기 바빴던 나에게 당신은 말했다.

"서운한 게 없으면 사랑하는 게 아니야. 왜 항상 나만 서운한 거야."

나는 사랑해서 서운한 게 없었는데, 그걸 인정받지 못하니 억울함을 감출 수가 없었다.

"나도 당연히 서운한 게 있어. 그걸 표현하지 않아도 금방 괜찮아지는 걸 어째."

"나도 마찬가지야. 그래도 내가 이렇게까지 하는 건 정말 서운해서 말하는 거야."

"알아, 나도."

"항상 나만 사랑하는 것 같아."

'서운해야 사랑이다 vs 서운함이 금방 사라지는 게 사랑이다'

이 마찰에서 우린 자주 다퉜다. 중요한 건 누구 하나 틀린 게 없기에 수긍의 문제였다는 것이다. 나는 결국 이해받지 못했고 관계는 점점 메말라가기 시작했다. 결과는 이별. 그 후에 나의 포용이 사랑이었다는 걸 알아주어 미안했고 또 고마웠다.

아, 한 사람의 세계를 모두 이해한다는 건 역시 어려운 일이다. 애석하지만 옥오지애의 연은 짧은 시절에 그쳤고 우리는 서로의 세계가 맞닿지 않는 걸 인정하기로 했다. 정말 슬펐지만, 그렇게까지 사랑을 할 수 있었다는 자체로 마음이 벅찼다.

공교롭게도 기록을 경신한 선수처럼 앞으로 더 큰 사랑을 할 수 있을 것 같은 여지가 찢긴 마음에 큰 위로가 됐다. 시간이 지난 지금, 과거의 내 모습을 떠올리며 다시 사랑에 도전하고 싶다. 순애보의 마음이 어디까지 갈 수 있는지, 나 또한 누군가에게 옥오지애가 될 수 있을지 시험해보고 싶은 것이다. 지난 연애의 후유증이 없냐고? 물론 옅은 잔상은 있지만 한때 치열하게 사랑했던 당신에게 원망이나 미움 같은 건 애초에 생기지 않았다. 과거에 무슨 사랑을 했던 그건 옛일일 뿐. 현재의 나에게, 또는 미래의 사랑에게 어떠한 영향도 주고 싶지 않기에 좋은 경험으로 삼아 멀리 나아가고 싶다.

우리에겐 깊이를 가늠할 수 없는 미지의 세계가 있다. 탐험가의 마음처럼 사랑이 더 궁금한 자세는 가끔 미친듯한 두려움을 만들지만, 내게 또 다른 옥오지애를 만들어 줄 것이다.

이처럼 만남과 이별을 정의하는 일은 당신에게도 필요하다. 나는 긴 세월을 사랑한 사람을 볼 때 이 사자성어를 알려주고 싶다는 생각을 했다. 당신이 이토록 멋진 사랑을 하고 있다는 걸 알려주고 싶은 것이다. 상대를 한 번 더 생각할 수 있고, 내가 옳은 관계를 유지하고 있다는 걸 알면 내 사람을 더 아끼게 되지 않을까? 당신에게 옥오지애라는 사자성어가 어떤 뜻으로 이해될지 모르겠지만 나에겐 아틀란티스 같은 존재기에 끊임없이 탐구하면 이보다 더 큰 감정을 깨우치게 되리라 믿는다. 이별은 사랑의 필연으로 부정할 것이 아니라 더 좋은 관계로 이어지는 계단으로 삼아야 한다. 지금 죽을 것 같지만 잠은 자고, 밥은 먹을 것이 아닌가.

만약 당신도 이런 사랑을 했다면 그것을 놓쳤다는 아쉬움에 엉엉 우는 것이 아니라 한때 치열히 사랑했던 내 모습과 행복했던 시절을 액자로 남겨야 할 것이다. 남의 집의 까치집까지 어여쁘게 여겼던 지난날의 우리. 당신이 했던 사랑은 어쩌면 한 편의 동화가 아니었을까 하는 생각이 든다. 지금은 퍽퍽한 하루 속에서 바싹 마른 마음을 가지고 있더라도 사랑이라는 걸 했을 때 당신은 눈에 바다를 담고 있었다.

이 글을 읽고 나의 옥오지애를 한 번 떠올려보길 바란다. 만약 없으면 앞으로 할 기회가 있는 것이고, 있더라도 그런 기회는 또다시 찾아올 것이다.

이별의 반복 속에서도 우리 꿋꿋이 사랑을 믿자.

10시의 지하철

핸드폰을 덮어놓은 채 지냈던 시간이 있었다. 진동 하나에 가슴을 들썩이고 제발 당신이길 바라던 순간이. 생전 쓰지 않던 편지지를 사보고 당연했던 주말에 혼자 밥을 먹는다는 게 이토록 쓸쓸한지 몰랐다. 기다리고 또 기다리다 어쩌다 한 번 뒤돌아봐 주면 온종일 행복했고, 덤덤한 척하려다가도 밤이 되면 못난 감정에 휩쓸려 너를 증오했다. 그렇게 서서히 이별을 맞이하다 어느 날은 지하철을 타고 집으로 향하는데 나도 모르게 고개를 끄덕이고 있더라. 아마 혼자 훌쩍훌쩍 울고 난 다음 날이었을 거다. 그제야 조금 받아들인 거겠지, 붙잡아도 소용없는 관계였으니까. 그러면서도 언제든 돌아와 주면 좋겠다는 생각을 했다. 나는 해줄 것이 아직 많이 남았고 누구보다 너를 좋아해 줄 자신이 있었으니까. 살면서 이런 마음은 정말 잘 생기지 않았는데, 오랜만에 자신이 있었는데. 결국은. 결국은.

미안해, 미안해

우리 밥 먹으러 가자. 그리고 버스를 타고 조금 멀리도 가보자. 아니면 기름을 가득 채우고 서울을 벗어나도 좋겠다. 근데 바쁘지? 알아, 너도나도 일이 바쁘니 어쩔 수 있나 뭐. 근데 나 요즘 기분이 이상해서. 나한테 그 어떤 불행도 없는데 왠지 삶이 괴로워. 어제는 천장을 계속 바라봤어. 네가 자고 난 뒤에 바로 잤다는 건 사실 거짓말이야. 아침에 진짜 힘들었지만, 생각이 너무 많은 걸 어째. 출근할 때 전화하고 싶었어. 목소리 듣고 싶었거든. 왜 걸지 않았냐고? 그야 들키기 싫었으니까. 나는 멍청한 놈이라 강한 척 밖에 할 줄 모르잖아. 이렇게 말하는 것도 얼마나 망설였는데. 근데 더는 안 되겠어.

보고 싶어. 그냥 네 얼굴이 너무 보고 싶어. 지금은 너의 리액

션이 필요한 것 같아. 내 말에 대답해주고 고사리 같은 손으로 내 날갯죽지를 만져줬으면 좋겠어. 나한테 무슨 문제가 있는 걸까. 이유 없이 입술이 튀어나와서 고역이야. 무기력하고 언짢은 마음을 지우고 싶어. 그래서 가까이 있는 네가 너무 그리운 거야. 넌 나온 입마저 예뻐해 주고 키스까지 해주잖아. 그러니까 우리 멀리 떠나자. 그냥 응이라고 대답만 해줘. 사람들 없는 조용한 곳에 가서 발바닥이 아플 만큼 걷자. 내가 말 많이 할게. 그리고 미안해 이렇게 구제 불능이어서. 그래도 가끔은 이유 없이 내 머리를 쓰다듬어줬으면 좋겠어. 이기적이지만, 말을 안 해도 네가 다 알아줬으면 좋겠어. 미안해.

거미 잡아줄게

나 어느 날 궁금한 게 하나 생겼는데. 그래서 당신한테 물어봤잖아, 내가 잘생겼냐고. 나 내가 잘생겼다고 생각하진 않지만 못생기진 않았다고 생각하거든. 그러니까 자기가 날 만났겠지. 너은근 얼굴 보는 거 다 알아. 근데 그것보단 내가 왜 좋은지 궁금했어. 만날 질문만 하다 받으니까 당황했지? 근데 넌 애가 얼마나 투박한지, 만두 가게에서 김치만두를 신나게 먹던 내 모습과 당황할 때마다 코를 움찔거리는 게 사랑스러웠다고 했어. 나는 그게 조금 신기하더라. 너는 이런 나의 투박함을 사랑해주는 거잖아.

근데 나도 있잖아, 자기가 밥 한 공기를 비우고 더 먹고 싶어 내 눈치를 볼 때, 하늘색 원피스를 입고 내 앞에서 수줍어할 때,

서러워서 콧물을 흘리며 엉엉 울 때 결혼을 다짐했단다. 자고 일어났을 때 눈곱까지 귀여운 걸 보면 보통 사랑이 아닌 게 틀림없어. 그러니까 나 진짜 열심히 살게. 돈도 많이 벌어서 맛있는 거 많이 사줄 테니 늘 건강만 하고 내 옆에만 있어줘. 아직 한참 부족한 사람인 걸 알지만 너만 있으면 이상하게 모든 걸 해낼 수 있을 것 같아. 아무 근거도 신뢰도 없지만, 멍청하게 사랑하는 것도 좋다잖아.

절대 울리지 않고 불행에서 너를 지켜줄게. 애썼다고 안아주고 유부초밥도 만들어 줄게. 벽에 붙은 거미도 잡아주고 아침에 머리도 말려줄 거야. 언젠가 내가 자고 있을 때 내 얼굴을 보며 이 사람을 사랑하길 잘했다는 생각이 들었으면 좋겠어.

그게 내 꿈이야 자기야.

동산

그녀가 말했다.

"우리 동산 갈래요?"

그때 하루는 잠시 멈칫했다. 동산이라는 말을 실로 오랜만에 들었기 때문이다. 동산? 서울에 동산이 있던가? 조금 의아한 표정을 짓고 있으니 그녀가 말을 이었다.

"서울에도 동산은 많아요. 그냥 작은 언덕 같은 곳 있잖아요."
"아, 그 동산! 저도 너무 좋아해요."

이렇게 당황하는 걸 보니 머릿속에 텔레토비 동산 같은 것이 떠오른 게 분명했다. 그녀는 가을 등산도 좋지만 낮은 동산에만 올라가도 가슴이 뻥 뚫린다고 말했다. 하루는 다음에 또 볼 수 있다는 기쁨보다 토끼 같은 얼굴로 천진난만하게 말하는 이 사람이 너무 예뻐서 큰일이었다. 꼭 주토피아에 나오는 주디 같달까?

집으로 돌아가는 버스 안에서 '동산'을 검색해본다.

[동산]

1. 마을 부근에 있는 작은 산이나 언덕.

2. 큰 집의 정원에 만들어 놓은 작은 산이나 숲.

3. 행복하고 평화로운 곳을 비유적으로 이르는 말.

그는 작은 산과 정원보다는 '행복하고 평화로운 곳'이라는 문장에서 눈을 떼지 못했다. 곧장 액정을 꾹 눌러 메모장 한쪽에 옮겨둔다. 왠지 모르겠지만 그녀가 평화로운 곳을 좋아할 것 같다는 확신이 들었기 때문이다. 네이버에 '서울 동산'을 쳐보아도 별다를 게 나오지 않는다. 사람들도 자신처럼 동산에 대한 개념이 없는 건가 싶었다. 그렇다면 이 사람은 동산의 뜻을 정확히 알고 있을까? "동산"이라고 말하던 입술을 생각하니 당장이라도 그녀에게 달려가고 싶었다. 아, 안 돼. 정신 차리자. 내릴 역을 한 번 더 확인하고 하루는 듣고 있던 음악에 다시 귀를 기울였다.

2.

"은평구 쪽에 예쁜 동산 하나가 있어요."

그녀에게서 온 메시지다. 하루는 잠자코 따르리라 결심했기에
이미 일상 전체를 비워둔 상태였다.

"그럼 이번 주 토요일에 이른 저녁 먹고 갈까요?"
"안 돼요. 동산은 낮에 가야 해요! 오후도 괜찮아요?"
"물론이죠. 그럼 몇 시가 좋을까요?"

그녀는 오후 3시에 사람이 없다고 말하며 조금 더울 수 있으
니 편안한 차림으로 와도 된다고 말했다. 그러나 하루는 이미 입
을 옷을 며칠 전부터 준비해놓은 참이었다. 새로 산 폴로셔츠를
몇 번이나 입어본 지 모른다. 토요일까지는 3일. 1일 1식과 간
단한 운동을 하며 새로운 데이트를 고대하는 그다.

그렇게 토요일 아침이 찾아왔다. 진한 목욕을 한 후 신중하게
머리를 말리고 선크림을 듬뿍 찍어 바른다. 셔츠를 바지에 넣었
다 뺐다 하다가 애꿎은 바지만 바꿔 입는 건 또 뭐야. 건물 외벽
에 비치는 자신을 확인하며 약속 장소로 향했다. 역에서 만난 그
녀는 청바지에 연노랑 셔츠를 입고 있었다. 봄의 개나리와 닮았
다고 생각했다. 저번 주는 주디. 이번 주는 개나리였다.

그녀를 따라 인적이 드문 동산길을 천천히 오른다. 오후 세 시의 나른함이 분위기를 더 해주어 말을 나누지 않아도 전혀 어색하지 않았다. 가을이라는 계절은 침묵까지 물들게 만들어 주나 보다. 회사 얘기와 저녁 메뉴에 관한 대화를 잠깐 하다 문득 메모장에 적은 문장이 떠올랐다.

[동산] : 행복하고 평화로운 곳을 비유적으로 이르는 말

하루는 그녀에게 이 뜻을 알고 있냐고 묻고 싶었지만, 아무렴 상관없다고 생각했다. 이 순간이 평화로워서일까? 함께 시간을 보내는 지금이 너무 행복해 자연을 좋아하는 그녀에게 동산 같은 존재가 되고 싶다는 생각을 했다. 그리고 작은 허상을 품어본다. 언젠가 나도 이 사람으로부터 큰 행복을 느낄 수 있지 않을까 하고.

저기 다섯 걸음 앞서가는 그녀의 뒷모습이 보인다. 하늘거리는 긴 생머리와 투박하게 바지에 들어간 셔츠를 보며 오늘 밤에 그녀의 이름을 '동산'이라고 바꾸리라 마음을 먹었다.

오후 3시 43분의 동산.

선선한 바람이 불어오고 있다. 평화롭기 그지없는 토요일의 오후. 한 남자의 마음에 난데없이 사랑이 찾아왔다.

사랑이 없는 고백

언제든 안부를 물을 수 있지만 내키지가 않아요. 이 무슨 청개구리 심보인지, 그렇다고 당신의 연락을 기다리는 것도 아니랍니다. 그렇지만 어떤 날엔 그냥 당신이 보고 싶어요. 만나면 아무런 이야기나 할 수 있을 것 같거든요. 잘 지냈냐는 물음보다는 뭐가 그렇게 슬펐었냐고 물어보고 싶어요. 근데 당신은 애초에 내 것이 아니잖아요. 그래서 마음을 쓸 수가 없었어요. 내가 가질 수 있는 것이라곤 당신의 새벽이나 몇몇의 대화뿐이었으니 주제를 알아야 했죠. 인정하고 나니 어깨에 힘이 빠지더라고요. 당신이 조금 더 선명히 눈에 보였던 것 같아요. 제가 없어도 여전히 잘 살 사람이었고 나도 곧잘 살 수 있다는 게 슬펐지만, 그래도 한때 그대는 나에게 크레파스 같은 사람이었어요. 빈 종이에 낙서만 해도 사랑스러운 아이의 그림처럼 내게 밥 먹었냐는 말 하나에 파랑이, 잘 자라는 한마디에 노랑이 칠해졌죠.

당신의 우울은 전염성이 없었어요. 좋아하면 면역이 생기던가요? 그냥 하염없이 들어줄 수 있을 것 같았어요. 나라는 인간이 욕심이 많아서 속으로 가벼운 불행이 찾아왔으면 좋겠다는 생각도 했어요. 혹여나 나에게 손을 내밀지도 모르잖아요. 당신이 한 손을 내밀면 두 손으로 그것을 잡을 심산이었답니다. 하지만 제 열망은 허상이어요. 그래서 애쓸 필요가 없었습니다. 가만히 내 삶을 살면 그만, 이렇게 멀러서나마 생각을 해봅니다.

살다 보니까 인간관계가 별거 없어요. 가까웠던 사람이 이제는 남남이 되고 당신 같은 혜성이 나타나 이렇게 절 속절없이 만들어요. 그리 가깝진 않지만, 가끔 당신이 보고 싶습니다. 이것도 일종의 고백일까요. 근데 고백이라고 말하기 싫어요. 이게 뭐라고, 이게 사랑인가요? 기이한 감정이 종종 나를 감싸지만 전 내일 하루도 똑같이 보낼 거랍니다. 그대가 그려준 그림은 마음 한구석에 간직하고 있을게요. 그러니 오늘도 상념 없이 편히 주무세요. 제 고백은 독백이니까요.

위스키

얼음 잔에서 기포가 올라오고 있었다. 나는 바닥에서 올라와 수면에서 터지는 공기구멍을 보며 담배를 입에 물었다. 마음대로 술을 마시고 담배를 태울 수 있어 다행이라 생각했다. 몸이라도 아팠으면 눅눅한 이불 위에서 우는 것밖에 더하겠나. 이별에는 철인과도 같은 체력이 필요하다는 엄마의 말을 떠올리며 한가득 술을 입에 머금었다. 근데 엄마. 이별은 지구력도 필요하지 않을까.

심전에서 올라오는 본질적인 우울이 있다. 그건 나도 알 수 없는 감정이라 그대로 놔두는 경우가 많다. 그러니까, 아주 오랫동안 하늘 위에 먹구름이 껴있는 느낌이랄까. 비가 올 것 같지만 내리지 않고 진득한 습기만 만드는 찝찝함. 만약, 비가 내리면 젖기라도 할 수 있지만 아무 일도 일어나지 않으니 가만히 침잠하는 삶을 느낄 수밖에 없는 것이다. 그래서 쉽게 소멸하는 저 기포 녀석이 내 참 부러웠다. 뭐가 그렇게 쉽게 부서지는지.

술과 담배를 리듬감 있게 비우고 태우다 보면 뼈가 부러진 사람처럼 어깨가 툭 떨어진다. 술기운은 주위 사람들을 아무렇지 않게 바라보게 하고 렌즈를 낀 눈은 금방이고 뻑뻑해져 아주 강력하고 진한 하품을 만든다. 그렇다면 집에 가야지. 소멸하지 않는 질긴 슬픔을 느끼며 시계를 본다.

AM 01 : 32

우울의 구원이 내 앞에 놓인 위스키였으면 했다. 기도하는 마음으로 잔에 입술을 갖다 대고 얼음 사이사이에 끼어있는 술까지 모조리 빨아 마셨다. 그리고 계산대로 향하다 다시 돌아와 얼음 두 개를 물고 카드를 꺼낸다. 가증스러운 가을의 밤. 네온사인이 즐비한 거리에 나는 홀로 서 있다. 어떻게 집에 가야 할까 고민하다 걷기로 한다. 근데 그 사람, 지금 보니 참 못났더라. 정말 미쳤지. 내가 무슨 말을. 이 세상에서 내가 제일 못났어. 잊어버려야지. 내일은 진짜 할 일이 많아 그렇지?

그렇게 텅 빈 거리를 홀로 거닐어본다.

나의 새벽은 그렇게 저물어간다. 회색빛 구름이 아주 천천히 흘러가고 있었다. 시월의 하늘은 내게 여전히 암흑이었다.

머저리

당신의 이목구비를 사랑해요. 당신이 입은 후드티를, 입가에 묻은 양념을, 매끈한 손톱을 사랑해요. 당신의 어깨를 만져주는 일을, 아랫입술을 핥는 일을, 상념에 잠긴 얼굴을 사랑하고 내 옆에서 친구와 전화를 하는 모습도 사랑합니다. 불같이 화를 내는 것도, 졸려 눈을 비비는 것과 기도하는 모습도 곱고 내게 알려주지 않은 비밀까지 사랑해요. 나를 사랑한다는 말을 사랑하고 당신의 핸드크림을, 목의 향기를 사랑해요. 그대의 머리를 말려주는 일이 최고의 기쁨인 전 당신의 욕심과 공허함까지 사랑하는 머저리입니다.

다시 보아도 지독한 마음입니다.

그리움에 말을 잃었을 때

'아, 보고 싶다.'

집에서 요리를 하고 있을 때 문득 든 생각이었다. 나는 누가
보고 싶었을까. 아마 된장찌개를 맛있게 나눠 먹던 당신이었을
것이다. 정말 오랜만에 보고 싶다는 생각을 했다. 어떻게 살까?
그 일은 잘 해결됐을까? 사랑은 하고 있을까? 먹음직스러운 찌
개를 숟가락으로 뜨며 잠시 그녀를 그리워했다. 그러나 한 번 시
작된 그리움은 도통 멈출 기미가 없다. 설거지를 할 땐 나에게
기름기가 있으면 안 된다고 핀잔하던 당신이, 술을 마실 땐 빨개
진 얼굴로 나를 바라보고 있는 당신이, 침대에 누웠을 땐 내 팔
에 얼굴을 묻고 있는 당신이 떠올랐다. 천장을 바라보고 눈을 끔
뻑이면 사랑했던 순간이 떠오른다. 나도 한때 예쁘게 사랑했던

순간이 있었던 것이다.

그렇다고 카톡 프로필을 본다거나 SNS를 염탐하진 않는다. 이건 단순히 그리움일 뿐이니까. 나는 이 감정이 외로움에서 온다는 걸 잘 알고 있다. 사람이 제일 물렁물렁해질 때가 바로 외로울 때가 아닌가. 보통 이 상태에서 감정적으로 하는 행동은 80% 이상 후회를 남기기에 이제는 쓸쓸해도 가만히 추억만 할 뿐, 지난 관계를 일상으로 절대 끌어오진 않는다. 나름 영악하게 그리움을 즐기는 것이다.

친구 A는 이별 후 반년을 허덕였다. 3년이라는 기간 동안 뜨겁게 사랑했으니 어쩌 보면 당연한 일이었다. 문제는 헤어짐을 수긍하지 못한다는 것이었다. 다신 이런 사람을 못 만날 것 같은 직감과 더 잘할 수 있다는 억울함이 섞이니 도무지 마음이 진정되지 않았을 것이다. 그는 매일 그녀에 대한 이야기를 했고(나중에는 내가 먼저 물어볼 정도였다.) SNS를 염탐하는 건 하루의 루틴과도 같았다. 언젠가 위태로워 보이는 그에게 물었다.

"그래서 연락할 거야? 전에도 말했지만 난 진짜 반댄데."
"할 거야."
"한 달 전에도 한다고 했는데 아직도 안 했잖아."
"할 거야. 진짜 할 거야."

"너 쫄았지?"

친구의 표정에서 강한 의지가 느껴졌지만, 그만큼의 두려움도 보인 게 사실이다. 내 말에 친구는 살짝 웃으며 대답했다.

"응. 쫄았어. 차일 거 아니까."

나는 아무것도 하지 않으면 괜찮아질 거라고 그를 다그쳤지만, A는 일주일 뒤에 연락을 했고 완벽한 거절을 통해 지독한 이별을 매듭지을 수 있었다. 그리움이 사람을 힘들게 하는 걸 보며 나는 다음에도 후회 없이 사랑하리라 홀로 다짐했다.

몇 개월 뒤, A가 말했다.

"생각해보면 그때 연락하길 잘한 것 같아. 안 했으면 계속 좋은 것만 기억하고 나만 힘들어했을 거 아니야. 내가 다시 만나면 안 되겠냐고 했을 때, 오히려 자기가 그동안 잘못했던 걸 말하더라고. 그땐 그게 안 들렸는데, 나도 이 연애를 힘들어했어. 남은 감정이 커서 그랬던 거지. 어쨌든 지금은 아무렇지도 않아. 가끔 생각은 나는데, 그냥 잠시 그리워하는 거지."

A는 헤어짐을 담담히 받아들였고 그제야 맑은 시야로 돌아온 듯했다. 맞다. 그의 말처럼 우리가 누군갈 그리워하는 건 아주 잠시 생각하는 것뿐이지 그때로 돌아가고 싶거나, 재회하고 싶

은 것은 아니다. 설사 그러더라도 한숨 자고 일어나면 다시 괜찮아지지 않는가. 어쩌면 우린 그 사람보단 그때 열렬히 사랑했던 내가 그리운지도 모른다. 그땐 정말이지, 아무런 대가를 바라지 않고 사랑했었으니까. '내가 누군갈 이렇게 사랑하고 있구나'라는 걸 느끼는 것만으로도 삶의 에너지를 얻었던 때가 있어서 이별이 힘들었고 그리움에 잠시 말을 잃었던 것뿐, 이렇게 생각하고 나니 그간 내가 그리워했던 것이 감정의 잔상이 아니라는 걸 깨달았다. 우린 그 사람을 절대로 다시 만날 수 없다. 이젠 그러고 싶은 마음도 없고 더 좋은 사랑을 하길 바랄 뿐이다. 언제까지 뒤를 돌아보고만 있을 것인가.

—

무드셀라 증후군이라는 게 있다.

추억을 아름답게 포장하거나 나쁜 기억은 지우고 좋은 기억만 남기려는 심리인데 기억 왜곡을 동반한 일종의 도피심리라 상처나 이별한 사람을 미화하는 것이 대표적인 특징이다. 구약성서에 등장하는 므두셀라(노아의 할아버지)는 969살까지 살았던 인물로 장수의 상징이다. 그는 나이를 먹을수록 과거의 좋은 기억만 떠올리고 좋았던 시절로 돌아가고 싶어 했다. 이러한 무드셀라의 모습에 빗대어 '므두셀라 증후군'이라는 표현이 탄생했다. 사람은 현실이 힘들거나 삶이 외로울 때 좋았던 과거로 회귀하려는 경향이 있다. 아이처럼 퇴행해 자력을 잃어 살아갈 날 보단 살아온 날을 그리워하는 것이다. 이 증후군의 발단은 '그리 움'에 있다. 과거에 머물러있어 현실에 집중하지 못하는 것이다. 매정한 현실을 생각하면 어느 정도 이해는 되지만, 절절한 마음에 오늘을 살지 못하면 절대 앞으로 나아가지 못한다. 우린 끊임없이 새로운 추억을 만들고 전진해야만 한다. 당신의 미래는 전보다 훨씬 더 나아질 테니 말이다.

그리움은 단순한 감정이 아닌 온몸으로 느껴지는 마음이니 가벼운 기분처럼 자주 왔다 갔다 하면 독이 될 수밖에 없다. 그리움과 괴로움의 경계에서 그것이 괴로움에 가깝다면 생각을 멀리 해야 할 필요가 있다. 만약, 당신이 아예 몸을 돌린 채로 과거를 그리워하고 있다면 현실은 두려움과 불행의 연속이 될 것이다. 그리웠다는 건 과거의 행복을 증명하는 것이 아닌가. 그렇다면 앞으로 우린 더 많은 행복을 누릴 수도 있다는 걸 알아야 한다. 아직 경험해 보지 않은 것도 많고 더 멋진 사람을 만날 수 있다는 희망을 가져도 된다.

친구와 나는 앞으로 더 좋은 사랑을 할 수 있을 것이다. 그리워하는 건 찰나일 뿐, 새로운 사랑을 지혜롭게 맞이하는 게 더 중요하다는 걸 깨달았기 때문이다.

된장찌개를 끓이고, 설거지를 하고, 잠자리에 들 때까지 나는 잠시 그리움에 말을 잃었다. 그렇다고 내 삶이 변했는가? 나는 여전히 외롭고 쓸쓸하며 이 자유로움을 사랑하고 있다. 앞으로도 그리움을 더 영악하게 다뤄보리라 다짐한다. 과거에 진다면 나의 오늘과 내일은 암흑이 될 것이다. 나는 반드시 더 좋은 사랑을 할 수 있다. 정해져 있는 답처럼.

그리움이 미련이 되는 걸 경계하세요.
미련한 사람은 후회라는 배설밖에 하지 못합니다.

설거지까지 요리고 이별까지 사랑이다

좋은 것만 내내 떠올렸던 당신은 헤어지는 게 두려웠지만 결국 이별을 맞이했습니다. 근데 너무 힘들어서 빨리 극복하고 싶지 않나요? 어떻게든 잊고 싶어서 아등바등 노력해보지만 그럴수록 헤어짐의 색이 더 진해져 발을 동동 구르게 됐을 겁니다. 하지만 이별은 극복하는 게 아니에요. 이별은 사랑했던 만큼 공평하게 만끽하셔야 합니다. 어찌 그렇게 사랑하고 한순간에 상대를 잊으려 하나요. 그건 철저한 이기심입니다. 행복했던 시절이 있었다면 그에 응당한 고통을 받아야죠. 너무 매몰찬 것 같지만, 당신이 미친 듯한 사랑을 시작하지 않는 이상 그 사람의 잔상은 일상 곳곳에서 나타날 것입니다. 기억하세요. 설거지까지 요리고 이별까지 사랑입니다. 사랑은 이별 뒤에 찾아오는 그리움도 내포하고 있어요. 그러니 내가 지금 아픈 것도 다 사랑이라고 생각하세요. 자책도 좋고 원망도 좋으니 헤어짐을 부정하지 말고 무력한 나를 인정하세요. 상대는 나의 아픔 따위 신경 쓰지 않습니다. 사랑은 함께하는 것이지만 이별만큼은 개인의 몫이기에 누구에게 떠넘기려고도 하지 말고 책임감을 가진 채 자유로운 일상을 보내세요. 그러다 보면 마음엔 몇몇의 추억과 헛헛함이 남을 거예요. 상처가 아물어 뭉툭한 흉터를 남긴 것이죠. 이제 당신은 새로운 사랑을 천천히 시작하면 됩니다.

영원을 운운하는 연애는 한 철일 뿐, 현실을 보세요. 그 사람이 아니면 안 될 것 같다는 앙탈은 이제 통하지 않습니다. 세상은 넓고 사랑스러운 사람은 많아요. 그중에 당신도 들어가 있으니 이제 그만 받아들이고 실컷 아파하세요. 지금은 그것밖에 답이 없습니다.

애석하지만, 이것이 이별을 이겨낼 수 있는 답에
가장 근접하다고 저는 생각합니다.
힘들어 하는 당신을 생각하며 썼어요.

고발

그녀는 매사에 철저하고 희망적이다. 그녀는 계란프라이를 동그랗게 잘 만들고 절대로 잔반을 남기지 않는 사람이다. 브로콜리를 좋아하고 과일을 잘 깎았으며 항상 내 숟가락에 음식을 올려주곤 했다. 그녀는 질서 있는 사람이었고 모든 사람들에게 친절했으며 고개를 숙이는 걸 부끄러워하지 않았다. 그녀는 빨간색보단 분홍빛 립스틱이 잘 어울리는 사람이었다. 검은 생머리가 매력적이었으며 라인이 드러나는 흰 티셔츠가 잘 어울렸던 사람이다. 그녀는 항상 눈가가 촉촉했으며 내 흉내도 곧잘 내는 사람이다. 또한 모든 상황에 영리했으며 실패를 두려워하지 않고 후회를 즐기는 사람이다. 자신만의 철학을 가지고 있고 쉽게 설명할 줄 알며 옷을 잘 개고 젓가락질도 잘했다. 거짓말을 할 땐 귀를 만졌고 부정적인 일엔 냉혹했으며 가끔 나를 이기적인 사람으로 내몰곤 했다. 그녀는 펜보단 연필을 썼고 우드향 크림을 좋아한다. 나는 매니큐어를 칠하지 않은 그녀의 손을 좋아했다. 매실차를 즐기고 바이오리듬이 건강했으며 무엇보다 성실하게 하루를 보냈다. 배울 점이 있었고 그녀의 가방에는 나를 위한 연고와 물티슈가 있었다. 포크송을 좋아했고 우쿨렐레를 칠 줄 알며 비 오는 저녁을 좋아했다. 연유맛 아이스크림을 자주 먹었고 오랫동안 목욕을 했으며 자기 전에 나누는 키스를 애정했다. 나는 그런 그녀를 사랑했고 이렇게 이별 후 당신에게 고발한다.

　내 생에 가장 아름다웠던 사람이라고.

선생님에게

    선생님은 사랑은 함께 노를 젓는 것이라고 했습니다. 세상보다 넓은 곳이 바로 사랑인데, 그곳에서 유유히 물결을 따라 서로가 원하는 방향으로 힘을 싣는 게 바로 사랑이라 하셨죠. 안타깝게도 그들이 향하는 곳이 이별이라는 섬이라 하셨을 때 저는 개탄을 금치 못했습니다. 앞으로 맞이할 헤어짐을 가늠하니 눈앞이 캄캄해졌기 때문이죠. 그래서인지 사랑을 두려워하는 사람이 퍽 이해가 갔습니다. 하지만 저는 사랑하는 사람과 함께하는 긴 여정이 바로 사랑의 본질이라고 생각했습니다. 어쩌면 섬까지 가는데 상상 이상의 시간이 걸릴지도 모르죠. 기쁜 마음으로 함께 세상을 둘러보고 내 삶에 만족하여 아무런 미련이 없을 땐 우린 백발이 되어 깊게 파인 주름을 보며 다음 생에 다시 만나자고 할지도 모릅니다. 인연의 마지막이 죽음이라면, 그렇다면 저는 누군가와 바다를 향해 뛰어들 수 있을 것만 같은 생각이 들었습니다. 하지만 마음처럼 되는 게 어디 사랑일까요. 가슴속으로 바랐던 찬란한 만남은 늘 녹록지 않았고 이제는 조금 현실적으로 사랑을 바라보게 되었습니다.

　가끔은 상처를 받아야 내가 사랑을 했다는 걸 알 수 있었습니다. 사랑은 마른하늘의 번개 같기도 했고, 밤이 되면 어김없이 뜨는 달 같기도 했습니다. 그리고 안일함 속에서 느껴지기도, 미움에서 깨닫기도 하며 때로는 지옥을, 때로는 신세계를 경험하게 했습니다. 상대방과 함께 태만해지길 바랐던 적이 있지만 이토록 치열한 전투가 없으면 안 되는 것도 사랑이었습니다. 그 접점을 찾는 여정이 절대로 쉽지 않았기에 저는 조금 더 아귀에 힘을 주고 노를 저을 수 있었습니다.

　선생님.
　사랑에 대한 어떠한 신념은 다행히도 누군가를 만날 때 좀 더 신중한 선택을 하게 했습니다. 두려움으로 애(愛)를 모르는 사람이 있을 거고, 패배했음에도 불구하고 금방 떠날 채비를 하는 사람도 있을 겁니다. 서로 다른 인생을 살아온 두 사람이 한낱한시에 만나 눈빛을 마주치고 감정을 엮을 때 생기는 시선은 어떤 사람에겐 잊을 수 없는 기억이 되기도 하지만 결국 배가 침몰한다면 지독한 트라우마를 만들게 될 것입니다. 이런 과정에서 자신만의 관념을 만드는 게 중요하겠죠.

어쩌면 정답이 없기 때문에 좀 더 흥미로워하는 걸지도 모르겠습니다. 풀릴듯하면서도 풀리지 않는 것이 바로 사랑이라 매 순간 누군갈 마음에 품고 싶은지도 모르겠습니다.

선생님. 저는 늘 사랑을 주고 싶고 사랑받기 충분한 사람이 되고 싶습니다. 그렇다면 비열한 마음은 조금 내려두어야겠죠. 이런 나를 이해해주는 사람이 세상에 존재하기나 할까요. 나름 당차게 말을 하지만 저는 사람을 무서워하는 벌레 같은 존재입니다. 바닥을 기는 마음을 끌어올리려면 무엇을 해야 할까요. 선생님이 무슨 말이라도 해주신다면 아무런 의심 없이 그것을 믿고 따르고 싶습니다.

사랑에는 스승이 없다고 말씀하셨죠. 네, 저도 압니다.
그렇지만 배의 파편을 보고 있자면
이제 전부 그만두고 싶다는 생각이 듭니다.
저에게 용기를 주세요.
저에게 사랑할 용기를 주세요.

도망갈 퇴로를 만든 순간부터
사랑받을 자격은 없어집니다.
그래서 사랑을 시작할 땐 초연함과
건강한 목젖이 필요합니다.

모든 걸 포용하기 위해.
사랑한다고, 미안하다고 말하기 위해.

우린 무엇이
그리 슬펐을까요
울지도 못하면서

날씨는 이렇게나 좋은데
당신만 폭풍 같아 보여요.
누군가에게 쫓기는 것처럼.

당신에게 침묵을 선물합니다

당신의 인생에선 행복한 일이 많았나요, 아팠던 일이 많았나요. 그것에 무게를 재는 것이 과연 의미가 있을지 모르겠지만, 우린 삶의 행복과 불행을 어느 정도 가늠할 수 있는 어른이 되었습니다. 분명 무게가 더 실리는 쪽이 있을 테니까요.

가끔은 좋았던 순간보다 괴로웠던 순간이 더 짙게 떠오르곤 합니다. 추억이 나를 아프게 할 때도 있더라고요. 그때마다 미간을 찌푸리거나 얼른 다른 생각을 하곤 하는데 지워버리고 싶으면서도 놓지 못하는 것이 아직도 많습니다. 참, 모순적이죠? 고통을 선사하는 것에게 애정을 가지다니. 그러고 보면 불행과 우울은 일상의 필연이 아닐까 싶습니다.

겹겹이 쌓인 인생에서 당신을 괴롭히는 것은 무엇인가요? 사람인가요, 일인가요 아니면 전에 받은 상처인가요. 현실인가요, 미래인가요. 그것들은 살아있는 것일까요, 이 세상에 존재하지 않는 것일까요. 이런 생각을 하다 보면 신은 참 공평하다는 생각이 듭니다. 행복했던 만큼 아픔을 겪었던 인생이니까요. 그 누구보다 평범한 행복을 뒤쫓는 저는 당신을 조용히 동경하고 있습니다. 힘들면서도 어금니를 물고 미소를 짓고 있잖아요.

세상에는 입 밖으로 꺼내지 못하는 정제되지 않은 감정이 있습니다. 그래서 나이를 먹어 갈수록 우린 암묵적으로 서로를 이해하게 되죠. 아무 말을 하지 않고 그저 옆에 있어 주는 것만으로도 위로받는 것. 솔직함과 침묵 속에서 저는 또 다른 지혜를 배워나가고 있습니다. 가끔은 고요함에 진한 위로를 받기도 하니 이 정도면 제법 성숙한 어른이 된 걸까요. 그대도 나처럼 침묵이 반갑다면 우리 가만히 벤치에 앉아 하염없이 시간을 보내봅시다. 아무 생각하지 않기로 해요, 아주 잠시만이라도. 마음이 괜찮아지면 또 지지부진한 하루를 보내보는 거예요. 불행했다면 행복도 곧 다가올 겁니다.

소란스러운 하루를 보낸 당신에게 침묵을 선물합니다.
고요함에서 다가오는 행복의 기척을 느껴보세요.

행복을 위하여

언젠가, 모든 것이 한순간에 사라질 것 같아 흔들리는 눈동자를 지니고 살았을 때가 있다. 확신과 안정은 우리에게서 꽤 먼 존재가 아니었던가. 그간 이룬 것과 소중한 사랑 또는 막 아물기 시작한 상처가 다시 가루가 된다는 생각을 하면 한여름에도 등골이 서늘해지는 것 같았다. 하지만 그런 일이 일어날 리가, 나는 그저 내 삶이 행복해서 겁이 났을 뿐이다. 이 순간이 영원하지 않다는 걸 누구보다 잘 알고 있으니까.

사람은 왜 제때 행복할 수 없는 걸까? 도대체 왜 행복해지려는 순간에 추락을 떠올리는 것일까? 바닥에 얼굴을 처박는 것에는 그리도 담담하면서 하늘을 날 땐 숨 한 번 제대로 쉬지 못하고, 풍경도 바라보지 못하니 어쩌면 행복을 부정하고 있는 건 나

자신이 아닐까 싶었다. 거두절미하고 염치가 없어야 한다. 치졸해도 좋으니 남들이 축축한 땅에서 울고 있어도 모른 척 홀로 멀리 비행할 줄도 알아야 한다. 그래야 내 사람에게 나는 법을 알려주고 함께 떠날 수 있지 않을까.

순간의 기쁨은 주위만 둘러봐도 산더미다. 하지만 행복에는 필히 시간이 필요했다. 내가 바라던 일과 사랑을 하더라도 그것에 스며드는 시간이 없다면 금방 바스러지기 마련이다. 마음 놓고 사랑할 수 있을 때 사람은 가장 행복하다고 했다. 하지만 이것만큼 어려운 일은 없기에 우린 무수한 시행착오를 겪을 수밖에 없다. 책이나 수업으로 인생을 배울 수 없듯, 더 많이 경험하는 것 말고는 다른 방도가 없는 것이다. 행복하기 위해 당신은 마음을 열고 방치돼있는 폐가구를 버려야 한다. 그러다 보면 아주 널찍한 공간이 생길 텐데, 긴 시간을 소모하여 사랑과 열정으로 그 공간을 채워나가야 한다. 그렇게 또 다른 세계를 만든다면 불안했던 삶은 뿌리를 내리고 그 안정 속에서 더 큰 행복을 느낄 수 있을 것이다.

기억하라. 사랑과 행복은 패기 있는 자의 특권이다. 그렇다면 우리에겐 충분한 기개가 있는가. 나는 무식한 기백이 내 전부라고 생각하는데. 약간의 생채기도 없이 무언갈 쟁취하는 건 우둔한 일이다. 그러니 삶에 대한 확신과 안정을 위해 멈칫했던 발걸음을 좀 내밀자.

넘지 말아야 할 선이 어쩌면 출발선일지도 모른다.

한 가지 궁금한 게 있습니다.
당신은 왜 행복에 욕심을 내지 않나요?
누구보다 자격이 있는 사람인데.

뒤돌아보지 않기

누가 뭐라 하든 우리는 현재를 산다. 생각해 보면 과거에 머물고 있는 사람은 항상 눈가가 촉촉했던 것 같다. 무엇을 그리 후회하며 사는지, 인생은 본래부터가 후회라는 물감으로 덕지덕지 칠해져 있거늘.

그렇지만 나의 잘못으로 상처를 준 것과 사랑했던 사람에게 상처받은 것 그리고 더 잘할 수 있었음에도 포기한 게 애석해 여전히 낙오된 마음으로 하루를 보내는 것이다. 하지만 오전 9시였던 하루는 저녁 8시가 되어 배꼽시계를 울리고 성실히 하루를 보낸 당신을 침대로 향하게 한다. 이런 불가항력의 삶에서 그대는 자꾸 뒤를 돌아볼 것인가? 이불 안에서 불안감에 몸을 뒤척여도 결국엔 새근새근 잠에 빠져들 당신인데.

세상에 모난 것들이 너무 많아도 여태 잘 버텨왔다. 그러니까 이제는 제발 내 고통을 인정하고 고백하자. 그래도 된다. 그러면 안 된다는 사람이 도리어 이상한 것이다. 눈물 콧물을 쏟아내며 울고, 오해를 풀고 부끄럽지 않게 살자. 지금 내 감정에 충실하고 세상에 등지지 않으면 우리는 다시 허리를 꼿꼿이 펼 수 있다.

지금도 우울함에 잠겨있는 당신. 누구라도 붙잡고 말해도 된다. 그게 안 된다면 낯선 나에게라도 말해주기를. 벼랑 밑으로 나를 떨어트리지 말고 어떻게든 손가락에 힘을 주어 살아내길 바란다. 나는 아직도 당신 웃는 표정이 선하다.

조금 지친 사람아.
힘들겠지만 우린 오늘과 내일의 나를 위한 책임감을 가지고
앞으로 나아가야 합니다.
아직 겪지 못한 행복이 많다는 걸 기억하세요.
오늘 행복해야 내일 더 행복할 수 있습니다.

잘 익은 사과

사과는 고백하는 것입니다. 좋은 관계를 위해 겉으로 용서를 구하는 것이 아니라 단전에서부터 느끼는 반성과 잘못에 대한 인정이 있어야만 진심 어린 사과를 할 수 있는 것이죠. 우리는 자기 불편함에 벗어나기 위한 사과를 난무하고 있습니다. 진정으로 사과할 일에는 회피하기 바빠 입을 열지 않고 고개를 숙이지 않아도 될 일에 미안하다는 말을 쉽게 내뱉는 것이죠. 이건 당신의 잘못이 아닙니다. 우린 단지 사과하는 방법을 제대로 배우지 못했을 뿐이에요.

논리적이고 과장이 섞인 사과는 오히려 상처의 골을 더 깊게 만들 뿐이며 타이밍이 늦는다면 영영 그 시기를 놓칠지도 모릅니다. 그러니 당신, 더 늦지 않게 용서를 비세요. 사과만 잘했어도 무너지지 않았을 관계가 많았을 겁니다. 미안하다는 말은 가끔 사람의 목숨을 구하기도 하고, 나를 자유롭게 만들어주기도 합니다.

어차피 인간은 미완성이고 실수의 동물이기에 우리도 누군가에게 상처를 줄 수 있다는 것을 인정하면 자존심을 세우지 않아도 괜찮다는 걸 알 수 있습니다. 가장 중요한 건 저지른 실수와 내 잘못에 어떤 태도를 갖는 지겠죠. 더는 도망치지 마시고 미안한 일이 있으면 고백하세요. 그 사람은 이미 당신을 용서했을지도 모를 일이니까요.

당신이 그랬던 것처럼.

미안하다는 말의 힘을 생각해보세요.
알량한 자존심을 부리기엔 소중한 관계가 아니었나요.
방법은 간단합니다.
그저 진심을 다하는 것.

등 뒤의 사람

쓰러져 가는 나를 일으켜 세워주었던 건 그 사람의 말이 아니었다. 나는 그저 속절없이 무너지는 이 모습을 부끄럽지 않게 보여줄 수 있는 사람이 있다는 자체로 다시 무릎에 힘을 줄 수 있었던 것이다. 나의 뿌리는 한없이 약하다. 바람과 비라 칭할 수 있는 불행은 나를 송두리째 흔들기에 더는 낭만이라 부를 수 없고, 좌절감 또한 하나의 감정으로 치부하여 쉽게 고꾸라질 수 있다는 걸 인정해야 했다.

작은 종이 하나에 베어도 눈물이 그렁그렁 차면서 왜 행성 같은 큰 시련에는 눈 하나 깜짝하지 않는지. 웃는 것처럼 우는 것도 그저 한 표현에 불과하니 나를 약하게 여기는 증표로 여기지 않아도 되었다. 소리 내어 울다 보면 안아주는 사람이 있고 그

앞에서 나체가 되어도 한 점 부끄럼이 없다면 나는 사랑의 공생을 겪고 있는 것이다. 설명할 수 없는 안식과 온도가 바로 그런 것이리라.

나이가 들수록 점점 무언갈 바라지 않게 된다. 우린 실질적인 말이나 위로가 필요한 것이 아니라 그저 누군가의 존재가 필요했을 뿐이다. 내 모든 치부를 드러낼 수 있는 사람. 아무렴 좋으니 인기척이 느껴지는 삶을 살고 싶었을 뿐이다.

지금 내 옆에는 누가 있는가.
울고 있는 내게 휴지를 건네줄 사람이 있는가.

있으면서도 기대지 못하는 우리.
내 울음을 전염시키고 싶지 않은 당신은 참 고집불통입니다.
하지만 그 마음 저도 잘 알아요.
그러니 아프지 마세요.

작은 구슬

　결국, 사소함을 기억하는 사람이 웃는다. 그리고 그런 사람이 타인에게 오래 기억되기 마련이다. 감정은 양초와 같아서 시간이 지날수록 점점 형상을 잃게 된다. 그래서 우리가 사진이나 글로 단상을 남기는 것이다. 기록하는 건 어쩌면 삶에서 가장 중요한 일지도 모른다. 낡은 일기장과 사진첩만 봐도 반나절을 웃을 수 있지 않은가. 물론, 지난 기억이 아파도 그때 사력을 다해 살았던 내가 애틋한 것이지, 미움이나 원망이 다시 피어오르진 않았다. 그러니 아무래도 괜찮다. 오늘 당신이 느낀 것은 삶에서 제일 선명한 것. 그 시야가 탁해지기 전에 분주히 손을 움직여보자. 24시간 중에 딱 10분. 아무렇지 않은 이야기가 삶의 교과서가 되듯, 사랑이든 우울이든 당신이 남긴 단상은 훗날 아주 애틋한 기록이 될 것이다.

우리가 그리워하는 것은 결국 순수했던 순간이다. 잔뜩 물든 것 같지만 여전히 울고 웃는 게 어여쁜 사람아.

나는 그대가 가끔 설레듯 셔터를 누르고 진중히 펜을 잡았으면 좋겠다는 생각을 한다. 언젠가, 삶에 지쳤을 때 뒤를 돌아보니 내가 쓴 글이 산을 이룬 걸 본 적 있다. 그때 나는 이유 모를 안도감에 눈물을 흘렸었다. 홀로 남긴 자취는 곧 자존이므로 앞으로도 바지런히 쓰는 게 나의 사명이다. 이 의지가 당신에게도 전달되었으면 좋겠다.

우리, 작은 것을 내내 기억하자.

스치는 바람에 웃고 가벼운 비는 기분 좋게 맞는 사람이 되자. 말 한마디를 소중히 여기고 소소한 실수를 포용하다 보면 너른 마음으로 세상을 바라보고 엉킨 삶을 사랑할 수 있을 것이다.

그대가 손안에 작고 맑은 구슬을 마구 쥐고 있었으면 좋겠다.

작은 걸 어여쁘게 여기는 당신만큼 맑은 것도 없습니다.
투명한 구슬이 되어보아요.

청소

썼던 물건을 다시 제자리에 두기만 해도 정리가 잘된다고 합니다. 집이 어질러지는 건 쓴 물건을 다시 되돌려놓지 않는 것에 서부터 시작되죠. 그래서 우리는 가끔 소매를 걷고 환기를 시키며 대청소를 합니다. 쌓인 먼지를 닦고 분리수거와 빨래, 설거지까지. 귀찮은 일이지만 모든 게 제자리로 돌아가면 한결 마음이 편안해집니다.

다시 말해봅니다.

썼던 물건을 제자리에 두기만 해도 정리가 쉬워집니다. 이것은 우리 감정에도 응당 적용됩니다. 상황에 따라 쉽게 요동치는 감정은 옷을 벗어 던진 것처럼 헝클어진 채로 마음 한구석에 자리합니다. 그 어질러진 마음을 그대로 방치해둔다면 그것은 바닥에 붙은 껌처럼 까매지고 딱딱해져 손을 대기 어려울 수도 있습니다. 그래서 본래의 감정으로 회귀하는 것이 정말 중요합니다.

힘들면 평온했던 때를 기억하세요.

그리고 평정심과 멀어진 만큼의 거리를 가늠하고 다시 돌아갈 채비를 하세요. 길을 잃어버린다면 우린 이유 모를 우울에 빠지고, 섣부른 오해를 하고, 나쁜 상상을 하게 될 겁니다. 아무렇지 않았던, 그러니까 보통의 상태를 기억하면 요동치는 감정도 균형을 잡을 수 있습니다. 느낀 감정은 이미 소비되었으니 이성을 되찾으세요.

당신 이렇게 감정에 휘둘리는 사람이 아니잖아요.

가끔은 쌓인 감정을 정리하는 시간을 보내세요.
그것만으로도 평화를 되찾을 수 있으니 얼마나 좋아요.

쓰나미

무언가에 빠진다는 건 굉장한 일이라고 생각했다. 넋을 놓은 채로 운전을 할 때나 키보드를 쉬지 않고 치고 있을 때 눈앞을 갑자기 덮쳐버리는 것. 예를 들면 그 사람의 미소나 그때 맡았던 향기, 회의 맛, 재즈 소리 같은 게 있겠다. 좋아하는 것을 마주할 땐 무뎌졌던 감각이 살아나는 듯했다. 그 존재를 모조리 흡수하고 싶어 오감을 곤두세우는 것이다. 그것이 악하든 말든 무언가에 빠지게 되면 사람은 약간 바보가 돼버리고 만다. 그러면 말은 또 얼마나 많아진다고. 친구를 만나면 "야 있잖아, 내가 말이야 '이거'에 빠졌는데 진짜 미쳤나 봐." 하며 수다쟁이가 된다. 근데 그 모습이 추하거나 밉지 않은 건 다들 알고 있을 테다. 원래 바보 온달 같은 사람이 더 사랑스럽기 마련이니까.

"그게 그렇게 좋아?"라고 물어보면 유치원생처럼 고개를 세차게 흔든다. 이 과정이 얼마나 좋은지. 가끔은 일과 잠을 제외한 무언가에 흠뻑 빠지고 싶다는 생각을 한다. 하지만 원하는 걸 하기 위해선 대게 자본과 넉넉한 시간이 필요했다. 그러니 현실을 자각하고 욕구를 고이 접어 다시 서랍 안에 넣어두는 것이다. 이 안타까운 순환 속에서 우리는 결단을 내려야 한다. 일종의 고백이랄까. 좋아하는 것을 인정하고 쟁취하겠다는 의지를 다지는 것이다. '나 무조건 이거 할 거야!'라고. 이렇게 사랑이 시작되기도 하고 누군가는 직업이 바뀌기도, 삶이 변화하기도 한다.

나는 먼 훗날 피아노를 연주하고 있는 내 모습을 상상한다. 슬플 때 좋아하는 피아노곡을 연주하며 나를 차분하게 만들고 싶다. 시간과 잔고가 내게 허락을 해주는 때를 기다려야겠지만 방금 말했던 어떠한 고백처럼 나 자신에게 '나 피아노 배울 거야!'와 같은 선전포고도 필요하리라 본다.

행복했던 시절을 떠올려보면 그때마다 무언가에 빠져있었다. 온갖 불행이 날아와도 그것만 있으면 마냥 볼에 홍조를 띠던 시절은 누구에게나 있었을 것이다. 그렇다면 나는 요즘 무엇에 빠져있는가. 글을 사랑했지만, 이제는 업이 되었는걸. 쓰는 일을 무척이나 아끼지만 다른 무언 갈 또 탐하고 싶은 요즘이다.

사랑하고 싶은 것이 태산이지만, 여유가 없는 우리.

지금 이 글을 보고 있는 당신은 무엇에 빠져있는가.

우리는 또다시 용기를 낼 수 있을까?

제 의지가 진심이라면 저는 23년도에 피아노를 시작하게 될 겁니다.

아래 빈 칸들이 보이죠? 여기에 당신의 용기를 적어보세요.

_____

_____

_____

_____

_____

_____

_____

겁쟁이

우리 어렸을 땐 뭐가 그리 대차서 넘어지는 걸 두려워하지 않았을까. 도려 상처가 없는 걸 신기하게 여기고 흉터를 훈장으로 내세웠던 걸 떠올리면 쿡쿡 웃음이 새어 나온다. 속절없이 커버린 지금, 나는 세상에 무서운 것들이 너무나도 많다. 일말의 상처도 용서하지 않는 게 가끔은 얼마나 못나 보이는지, 무모한 용기를 가졌던 그때가 가끔은 그립다. 막상 해보면 정말 아무것도 아닌 것투성이인데.

소화불량

잦은 스트레스와 잘 풀리지 않는 일. 허황된 기대. 양치할 때 느끼는 허탈감. 반쪽 허영심. 감정적이었던 순간. 5분 뒤에 하는 후회. 새벽의 천장. 입안의 사막. 잃은 투자. 난데없는 우울. 볼품없는 그리움. 맑은 하늘. 순간의 사색. 뒤늦은 미안함. 투명한 소주. 등허리의 땀. 쌓인 설거지를 보는 일. 굽어진 어깨. 고개를 돌리는 일. 쌓인 페트병. 엄마와의 통화. 애써 웃어 보이는 것. 의미 없는 유튜브. 손목 터널 증후군. 짧은 웃음. 클래식과 고요함. 나를 구석으로 몰았을 때. 음악 없는 하루. 타인의 감정. 빠른 눈치. 걱정의 산화. 부서진 액정. 올드 팝송. 얼음이 녹은 컵. 켜져 있는 창. 쌓인 메시지. 숟가락을 드는 것. 염탐. 단념. 불투명한 미래. 뻐근한 어깨. 솔직함. 담대함. 결국, 찾아온 두려움.

결과론적 태도. 시기적절한 사건. 오해의 영역. 인정하는 마음. 무지함 속의 무지함. 소나기. 먹다 남은 치킨. 거울을 보며 웃어 보이기. 보고 싶었던 영화. 반쯤 남은 물컵. 사진첩을 정리하는 것. 혼자 되묻는 질문. 결정한 마음. 스승의 부재. 파란색 고독. 울어버리는 것. 여전히 남은 낭만. 부정하고 싶은 욕심. 똑같은 아침. 인사. 그렇게, 그렇게 살아가는 마음.

다시 스산한 밤.

살려주세요

당신은 어떤 인생을 살았나요. 그쪽도 기가 차는 일을 겪으면서 단단해지셨나요? 그때 어떻게 일어나셨어요, 누가 손을 잡아주던가요. 밥은 제때 잘 챙겨 드셨나요? 옆에 누가 앉아 있었나요? 아니면 혼자서 목구멍으로 넘어가지 않는 음식을 꼭꼭 씹으며 울음을 참으셨나요. 잠은 잘 잤나요. 혹시 새벽에 몸을 뒤척이며 이불을 꼭 쥐고 있진 않으셨나요. 꿈은 꾸셨나요. 아니면 꿈꿀 새도 없이 비몽사몽 한 상태로 일터로 출근하셨나요. 그들에게 어떤 표정을 지으셨나요. 초연한 눈빛을 유지하셨나요, 아니면 눈에 힘을 주고 평소처럼 미소를 지으셨나요. 공기를 힘껏 들이마셨나요? 나무를 바라보셨나요? 집으로 돌아왔을 때 어떤 기분을 느끼셨나요. 그렇게 아무것도 하지 못할 것 같을 때 무엇을 하셨나요. 전화할 사람은 있었나요? 아니면 애꿎은 텔레비전만 하염없이 바라보셨나요. 냉장고에 먹을 건 있었나요. 아니면 입맛이 없어 마른입으로 칠흑 같은 밤을 보내셨나요. 미안한 감정을 느끼셨나요, 혹시 원망스러운 마음에 울음을 터트리진 않으셨나요. 어디론가 떠날 결심을 하셨나요. 당신 친구는 어떤 이야기를 해주었나요. 무슨 옷을 입으셨나요. 목욕을 하며 어떤 생각을 하셨나요. 무엇을 그리워하고 무엇을 사랑하셨나요. 마음에 생기가 없어 그저 숨만 쉬셨나요? 풀린 신발 끈조차 맬 힘이 없으신가요?

밥 좀 챙겨 드세요. 숨도 크게 쉬시고요. 슬픔에 침잠될 땐 손가락부터 움직이는 연습을 해야 한대요. 그대가 저 먼 심해로 빠지지 않기 위해선 끊임없이 자문해야 해요. 그거 제가 대신해 주고 싶어서요.

어떻게든 사세요. 더 행복할 수 있어요. 헤엄치세요. 제발 가만히 있지 말고 도망치고 또 사랑하세요. 그건 비극이 아니라 하나의 순리일 뿐이에요. 인생이 본래 그런걸요. 그러니 움직이세요. 마음에 석회가 끼게 하지 마세요. 제가 끊임없이 물을 테니 대답만 하세요. 그럼 우린 살 수 있으니까요.

제가 건넨 물음으로 당신이 울었으면 좋겠다는 생각을 합니다.

당신의 울음을
손이 닿지 않는 천장에
매달아놓지 말아요.

종이 한 장의 인간관계가 있다

말 한마디가 천 냥 빚을 갚는다는 말은 비단, 인생뿐만 아니라 관계에도 여실히 적용되는 말이다. 정말이지 말 한마디에 모든 관계가 부서지고 새로 창조되기 때문이다. 사람은 누구나 실수를 한다. 특히나 감정적인 사람은 특정 상황에 놓이면 이성적이지 못한 말을 내뱉기 마련이다. 그렇다고 인신공격을 하는 건 아니지만 모두 날이 서 있는 현시대에서는 아주 작은 말도 아주 날카로운 칼처럼 매섭게 느껴지기 마련이다.

과거에 나도 작은 말실수로 관계를 정리(당)한 적이 있다. 대화를 나누던 중 어색한 단어 선택으로 의도치 않는 일이 발생했고 상대는 나의 말 한마디에 더는 이 관계에 대한 여력이 없다며 혼자 연락처를 정리하기 바빴다. 단 몇 분 사이에 일어난 일이었다. 내가 그에게 한 말은 이것이었다.

"넌 조금 특이한 것 같아."

이게 정말 관계를 정리할 만큼 매서운 말일까? 정말 그랬다면 다시금 사과하고 싶지만 나는 한순간에 관계가 증발하는 것을 보고 적지 않게 당황했다. 물론, 깊은 관계는 아니었기 때문에 금방 잊을 수 있었지만, 그때 처음 느꼈다. '인간관계가 종이 한 장처럼 가벼워졌구나' 하고.

가볍게 즐기는 SNS만큼 일회용 물티슈처럼 가볍게 소비되는 관계도 늘어나고 있다. 말 그대로 쉽게 사람을 만나고 쉽게 헤어지는 것이다. 이 순환 속에서 우리는 점점 순수함을 잃어가고 있다. 그걸 알기에 내가 마음속에 남은 일말의 순수를 꽉 쥐고 있는지도 모른다.

나는 온전한 사랑을 하고 싶고 꼭 사랑이 아니더라도 누군가와 좋은 관계를 끈끈히 유지하고 싶다. 말 한마디에 흔들리지 않는 느티나무 같은 인연은 무엇보다 서로에게 상처를 남기지 않아 인생에서 반드시 필요한 존재다. 그래서인지 '가끔씩 오래 보자.'라는 말이 좋은 요즘이다.

글쓰기 클래스를 운영하다 보면 다양한 사람을 만나 이야기를 나누게 된다. 그들의 이야기 속에는 언제나 이별이 존재하는데 어떤 사람은 평소처럼 밥을 먹다 6년 동안 연애를 하던 애인에게 이런 말을 들었다고 한다.

"우리 여기까지 하자."

물론, 일련의 시그널로 어느 정도 예상은 했다지만 6년의 세월이 한순간에 부서지는 순간이었다고 그는 회상했다. 어떠한 해명도 없었기에 그 사람은 마음을 채 정리하기 전에 소행성 충돌과 맞먹는 헤어짐을 경험했다고 한다. 마치 월세가 밀려 쫓겨나가는 사람처럼 이별을 당한 것이다. 상대에게 모든 걸 퍼다 주었던 그는 금방 가난해졌다. 그리고 지난 추억과 비례하는 분노와 원망만 간직한 채 세상을 살아가고 있다. 이런 그에게 "나는 새로운 사랑을 하세요."라고 차마 말하지 못했다. 그 말만큼 가벼운 위로는 없다고 생각했기 때문이다.

어떤 사람은 그랬다. 소개팅에서 만난 남자가 있는데 3번의 데이트를 하고 사귀기 직전까지 갔다 갑자기 잠수를 타버렸다고. 그래서 주선자에게 따지듯 물었는데 우울해서 연락할 생각이 들지 않는다는 답변을 받았다고 한다. 정말 기가 찰 노릇이다.

물론 내 감정이 중요하다지만, 관계에는 기본적으로 지켜야 할 예의라는 것이 있다. 무엇보다 지인을 통해 받은 소개팅이라면 더더욱 배려해야 하지 않는가. 이렇듯 이별은 누군가의 선택으로 찰나의 순간에 벌어진다. 누가 먼저 상대의 머리통을 날릴 것인가. 우리는 왜 눈치를 보며 수 싸움을 하는 걸까. 그간 맞이한 헤어짐을 떠올려보면 이별은 그 어떠한 것도 우리에게 제대로 된 설명을 해주지 않았다. 참 매정하기도 하지. 그래서 사람들이 해답을 찾으려 계속 사랑을 하는 것인지도 모른다.

진한 사랑을 했던 사람은 그만큼 외로움도 잘 느낀다. 가벼운 관계는 보통 이 외로움으로부터 시작되는 경우가 많다. 진지하지 않은 관계에서 누구는 온전히 마음을 열고 누구는 반쯤 열고 있으니 그 사이에서 괴리가 일어날 수밖에 없는 것이다. 이 과정에서 오가는 상처가 많다 보니 어떤 이는 가볍게 사람을 만나는 것을 택하고, 어떤 이는 사랑을 포기하는 쪽을 택하기도 한다. 이것은 하나의 방어 기제로 종이 한 장 같은 인간관계에서 더는 상처를 받기 싫은 본능이다. 우리가 감히 그들을 욕할 수 있는가? 나는 그들을 설득할 수는 있어도 잘못되었다는 말은 차마 하지 못하겠다. 각자가 받은 상처는 아무도 헤아릴 수 없기 때문이다.

나 또한 이전에 외로움에 허덕여 누군갈 쉽게 만난 적이 있다. 사랑은 하고 싶은데 상처는 덜 아물었고 전 애인만큼의 애정이 생기지 않으니 누구 하나가 진지해지기라도 하면 머리가 아파지는 것이다. 이 과정 속에 도망자가 된 적이 있고 비통한 패자가 된 적도 있다. 이 순환을 통해 나는 관계에 회의를 느끼기 시작했고 소위 말하는 '현자 타임'에 도달해 그 누구도 만나지 않는 시간을 갖기도 했다. 외로움이란 암세포처럼 건강한 감정을 좀먹는다. 그렇게 차분하고 이성적인 사람도 감정적으로 만드는 외로움은 취하면 안 되는 걸 알면서도 마시는 술처럼 유해하다. 그러니까, 가짜 사랑을 사랑으로 느끼는 것이다. 누군가는 이걸 이용해 자신의 욕구를 채우고 누군가는 외로움을 이겨내기 위해 열심히 자기 계발을 하기도 한다. 사랑에 정답은 없다지만 건강한 사랑을 하는 방법은 어느 정도 정해져 있지 않은가. 상처 없는 관계를 맺기 위해, 또 외로움에 잡아먹히지 않기 위해 내 나름 설정한 4가지 철칙을 아래에 소개하겠다.

1. 지금 느끼고 있는 외로움이 자고 일어나서 사라진다면 외롭지 않은 것이다.
2. 외롭다고 과거의 인간관계를 뒤적거리지 마라.
3. 온전히 그 감정을 느끼는 시간을 가져라.
4. 몰입할 수 있는 것을 찾아라.

이 네 가지만 지켜도 우리는 평온함을 유지할 수 있다.

지금까지 외로움을 욕했지만, 인간에게 고독은 때때로 필요한 존재기도 하다. 나를 알아가고 지난 관계를 복기하며 한층 성장할 수 있는 인고의 시간. 보다 단단해질 수 있는 골든타임에서 우리는 왜 고독에 취해 서로를 헐뜯고 있는지. 쓸쓸함을 즐기다 보면 자연스레 나를 더 아끼게 되고 나를 아끼게 되면 자존감은 자연스레 올라간다. 누군가는 그 모습에 반하여 사심을 품게 되니 우리는 외로움을 건강히 느끼는 법을 알아야 할 것이다.

　당신은 외로울 때 어떤 사람이 되는가?

어항 속 금붕어

자존감은 아주 비싼 금붕어를 키우는 것이다. 자주 들여다봐야만 돌볼 수 있으니까. 우리의 눈은 당장 앞에 있는 것밖에 바라보지 못한다. 기껏해야 거울로 나를 보는데 그것도 하루에 몇 번 안 되는 현실에서 무엇을 바랄 수 있는지.

그러니까, 내가 나를 계속 들여다보고 마음도 한 번 까뒤집어서 뭐가 있는지 살펴보고, 뭘 하면 기쁘고 어떻게 하면 불안에서 벗어날 수 있는지 끊임없이 나를 돌봐야만 한다. 이 세상 그 누구도 내게 물어봐 주지 않는다. 그러니 타인의 안부는 그만 여쭙고 방향을 돌려 나에게 이렇게 물어보자.

"너 진짜 괜찮아?"

나는 혼자 사색하며 어떤 말을 입에 머금은 사람들이 멋있어 보였다. 그들은 아마 나 자신에게 괜찮냐고 물어본 거겠지. 내 감정은 내가 먼저 알아야 한다. 그러니 타인이 먼저 당신의 자존을 눈치채지 못하게 하자. 내가 먼저 나를 가엾게 여기자. 자존의 밀도를 쉽게 만들 수 없다는 건 당신이 제일 잘 알고 있을 터. 시간을 투자한 만큼 나를 존중하는 마음은 견고해진다.

어항이라는 세상 속에 오염되어 죽지 않도록 나를 유심히 살펴볼 필요가 있다. 당신 요즘 숨 막히지 않는가? 불평 따위 이제 통하지 않으니 스스로 자문해보라. 가치가 있는 것만큼 보살펴야 하는 건 당연한 이치다.

마음이 썩어가고 있습니다.
자존에 무지한 사람만큼 어리석은 건 없으니
더는 나를 내버려 두지 마세요.

휘발성

　종종 나도 물들어 가고 있다는 생각을 한다. 내가 성인ADHD 아닐까 하는 정도로 산만한 정신을 가지고 있으니까. 욕심은 많고 끈기는 적으며 숏츠나 릴스 같은 휘발성 콘텐츠에 적응되다 보니 긴 영상은 툭툭 넘기기 바쁘다. 그러니까, 모든 것을 들여다보지 않고 핵심만 파악하려고 하는 것이다. 이게 잘못됐다는 걸 나는 안다. 어렸을 적, 나는 탐구하는 걸 좋아했고 몇 없는 정보로 친구와 담론을 나누는 것을 즐겼다. 하지만 이제는 가벼운 정보에 매료돼 선동 당하기 바쁘고, 무엇을 믿어야 할지 갈피를 못 잡곤 한다. 껍데기만 화려하고 속은 텅 빈 사회. 가끔은 긴 설명이 필요한데 우리에게 논리가 없으니 무차별하게 싸우기 바쁘다. 빠른 행복과 이기심, 더 잘나 보여야 한다는 강박. 이런 것들이 우릴 퇴행시키고 있다. 그런 의미에서 다시 자각해 본다. 혜안과 인내를 가지고 본질을 이해하자고. 책을 정독하고, 진득이 앉아 지루한 영화를 보고, 아티스트의 앨범을 곱씹어 들으며 천천히 대화할 줄 아는 사람이 되어야지. 너무 빠른 세상을 쫓다 돌이킬 수 없을 것 같은 기분이 든다.

  아날로그가 그립다. 조용했던 방안이, 나의 집중력이, 무지했던 때가 그립다

낭만소실

삶에 지쳤을 때 세상은 내게 흑백이다. 내가 무얼 하는지도 모른 채 따라가기 벅차고, 숨죽여 울 시간에 꿈 없는 잠을 청하는 편이 나은. 그런 사막 같은 삶을 살던 때가 있었다. 하고 싶은 것과 먹고 싶은 것을 물어보아도 아무런 대답을 하지 못하는 무력의 상태. 그렇다. 나에게 낭만이 소실되었다.

그렇게 많은 낭만을 쥐고 살던 내가 이리 황폐해진 건 사랑의 실패와 잘 풀리지 않는 일, 튀어나온 뱃살, 모호한 미래 때문이었다. 무엇하나 제대로 된 게 없으니 달콤한 걸 꿈꿀 여유조차 없던 것이다. 목이 말라도 물을 마시려는 생각조차 하지 않던 나는 메마른 입술을 매만지며 과거를 떠올렸다. 21살, 다리가 부러져 6개월간 걷지 못하던 때를.

집에 처박혀만 있어 자존감이 고꾸라졌던 그때 내 소원은 걷는 거였다. 걷는 행위는 인간이 할 수 있는 가장 기본적인 능력이 아닌가, 그게 소원이 되다니…. 행복의 척도가 낮아진 나는 보통의 가치를 잊지 않아야겠다는 다짐을 했다. 물론 금방 안일해졌지만, 그때 느낀 충격이 워낙 커 이 마인드는 아직도 내게 성전처럼 남아있다. 바닥을 길 때 작은 행복만으로도 궤도를 되찾을 수 있다는 걸 믿는 것이다. 회상을 마친 나는 일상 곳곳에 작은 낭만을 심으며 찬찬히 시련을 이겨내 보겠노라고 홀로 외쳤다.

쇼팽의 음악을 듣고, 알리오 올리오를 만들어 궁금하던 위스키를 진하게 마시는. 지나가는 길에 멈춰 하늘 사진을 찍고, 조금 늦은 밤 당신과 짧은 수다를 떠는 것이 내가 사랑하는 낭만이다. 의자와 돗자리를 등에 메고 한강으로 가 노을을 보고, 북촌 어느 호텔을 예약해 창을 보며 사색에 잠기는 것, 내게 어울리지 않을 것 같은 셔츠를 사고 무작정 비행기 표를 끊는 것은 사막 한가운데에서 오아시스를 발견하는 것과 같았다. 그렇게 피부는 점점 말랑해지고 눈에 생기가 돌면 꼭 죽었다 살아난 사람처럼 나는 다른 모습으로 하루를 보내고 있었다.

나처럼 낭만을 잃은 사람을 더러 볼 수 있는 시대다. 바쁘게 살아가는 건 당신도 나도 매한가지, 하지만 너무 먼 미래를 고집

하고 살기엔 이 삶이 너무 고되지 않은가. 낭만이 없는 당신에게
도 취향은 있고 꿈이 있다. 어느 누가 그걸 꿈꾸지 못하게 하는
가. 나의 수분을 유지하는 건 아주 작은 낭만에서부터 시작된다.
그러니 지금 당장 움직여보자. 계절의 산물, 아침과 저녁, 식사
자리. 담백한 대화, 텅 빈 주말, 보고 싶었던 영화, 월급, 사랑
등 내가 만끽할 수 있는 것은 무수히 많다.

등잔 밑이 어둡다더니,
소실된 낭만은 어쩌면 당신 발밑에 있을 수도 있습니다.

변덕쟁이

사람은 부메랑. 이것이 좋았다가 싫어지고 결국에 다시 그것을
그리워한다. 위로 또한 마찬가지. 달과 별을 운운하는 뻔한 말에
혀를 내둘렀지만 당연함의 부재가 우리를 다시 회귀시켰다.

"열심히 살아주어서 고마워."
"네 잘못이 아니야."

결국, 이 말에 울음보를 터트리네. 하늘에 별을 따준다는 말은
왜 그리 아름다운지, 가끔은 한껏 촌스러워지고 싶다. 아주 못난
사람처럼. 알아듣지 못하는 위로보단 신파적인 말을 듣고 싶은
걸 보니 확실히 연약해졌나 보다. 누가 나에게 잘하고 있다고 한
마디만 해주었으면.

영악함을 배워갑니다

"이거 많이 매워요?" 하고 물어보니 종업원이 많이 맵다고 해요. 그러니 당신은 조금 덜 맵게는 안 되냐고 말했어요. 매운 걸 못 먹는 나를 대신해 먼저 물어봤던 것이죠. 근데 가끔 이럴 때 있잖아요. 이 사람이 내가 매운 걸 못 먹어서 항상 신경 쓰고 있구나, 라고 느끼는 거. 아주 사소한 것이지만 그것은 배려고 곧 사랑이었어요. 그러고 보니 당신은 늘 제게 좋은 사람이더라고요.

좋은 사람이라는 건 어떤 기준으로 나눌 수 있는 걸까요. 우리는 개인의 잣대에 그저 그런 사람이 될 수도, 포악한 사람이 될 수도 있다 생각해요. 모두에게 좋은 사람으로 남겨질 순 없잖아요. 그래도 내가 좋아하는 사람에게만큼은 선한 사람으로 남고 싶어서 화가 나도 유쾌한 표정을 지었던 것 같네요. 내 사람에게 좋은 이로 남고 싶은 순수한 욕심이겠죠. 이것만큼 다정한 건 없다고 저는 생각해요.

역시 모두에게 사랑받을 순 없어요. 그렇죠? 미움도 있어야 사랑의 대비를 느낄 수 있으니 일일이 미소를 지을 필요는 없다고 말하고 싶습니다. 굳이 저 사람한테까지 잘 보일 필요가 있을까요? 오히려 내 옆에 있는 사람과 밥 한 번 더 먹고 커피 한잔을 하는 게 낫지 않을까요. 물론, 새로운 사람에게는 조금 딱딱해 보일지 몰라도 인간관계의 덧없음을 느끼는 요즘은 종종 냉정함이 삶에 이로움을 주는 것 같기도 합니다. 때론 착한 것이 죄가 될 때가 있어요. 가끔은 영악해져도 됩니다. 입꼬리는 위로 올라가는 만큼 아래로도 내려가니까요.

모든 시간과 공간에서 당신의 자아는 제각각일 겁니다. 그 모든 페르소나에 뻬에로 가면을 씌운다면 우린 내면의 표정을 잃어버릴 겁니다. 그러니 마냥 미소를 짓진 말아 주세요. 어차피 당신의 웃음은 좋아하는 그 사람에게만 어여쁘게 보일 테니까.

이기적이고 냉정한 사람이 많은 이 포악한 세상에서
당신만 웃고 있다면 무언가 잘못된 것이 틀림없습니다.

영혼

가끔은 아무 생각 없이 먼발치를 바라보세요. 그리곤 내가 잘
한 일만 생각하는 거예요. 이제 나쁜 생각은 그만. 저기 저 사람
을 바라보면 되게 평온해 보이지 않던가요. 저 사람이라고 불행
이 없을까요. 다들 버티는 것뿐. 그러니 당신도 어깨에 힘을 풀
고 풀이 죽은 내 영혼을 다독여주세요.

불행의 총량

둥글둥글한 사람이 세모가 되는 과정에는 세상에 환멸을 느낄 만한 일이 많았다. 예를 들어 탈락의 고배, 뻔한 이별, 낯선 이의 시비, 상사의 말도 안 되는 논리, 기댈 곳 없는 하루, 식욕감퇴, 텅 빈 통장, 코스피 하락, 뻔뻔스러운 친구 같은 것은 모나지 않은 그를 점점 갉아먹었고 마음이 뾰족해지기 시작하면서 칼 한 자루를 쥐고 있는 것처럼 점점 매서운 인간이 되었다. 하지만 이것은 엄연한 생존본능이었으므로 그 누구도 그를 비난할 순 없었다. 무엇보다 손톱을 드릉드릉 드러내며 타인을 먼저 해하지 않기 때문이다.

평안한 날이 지속하다 보면 저도 모르게 손톱을 깨문다.

'아아, 무언가 올 것 같은데.'

그는 폭풍전야 같은 일상 속에서 소화불량을 겪고 세상을 향해 웃으면서도 뒷짐을 쥔 손에는 짱돌을 쥐고 있었다. 그러다 정말 불행이라도 찾아오면 기다렸다는 듯 그것을 휘둘렀고, 상처받지 않기 위한 행동에 누군가 아프기라도 하면 죄책감에 머리를 쥐어뜯기도 했다. 그러던 어느 날, 만신창이가 된 자신을 보고 생각한다.

'시발 나 원래 이런 사람 아니었는데.'

거울을 보니 미간에 주름이 가득하다. 뭐가 그렇게 불만인지. 아무도 자신을 건들지 않았으면 좋겠다는 생각을 한다. 손을 씻고 세수를 해도 씻겨나가지 않는 무언가가 있는 것 같다. 나는 왜 이렇게 못된 사람들이 싫은지, 나에게 상처 주는 사람에게만 나빠지려고 했는데 왜 애꿎은 사람에게도 칼을 휘두르는지. 매서운 말로 상대를 찔렀던 순간이 화살 비처럼 그의 가슴에 날아와 꽂혔다. 하지만 누가 이 사람을 욕할 수 있을까. 나는 그에게서 진한 구수함이 느껴지는데.

아, 어리숙한 인간은 사색이 필요해 조용한 곳에서 밤하늘을 바라본다. 풀숲에서 들리는 벌레 소리 그리고 덥지 않은 날씨와 페인트가 까진 낡은 벤치. 어린아이처럼 반짝이는 눈으로 숨은

별을 찾는 그의 발아래에는 흉물스러운 인간의 껍데기가 놓여 있었다. 이렇게 우리는 순수와 악을 왕복하며 인생을 살아간다. 당신도 가끔 주먹을 쥐었던 때가 있지 않은가. 분노가 차올랐던 때. 그리고 도망치고 싶었던 감정은 모두 살기 위한 것이었다. 그 뒤에 밀려오는 파도를 버티는 것도 온전히 우리 몫이지만, 가끔은 그처럼 아무것도 하지 않고 가만히 있는 시간이 필요하다. 금방이고 다시 사회의 톱니바퀴로 돌아가야 해도 우리에겐 고뇌에 잠길 시간 정도는 있다. 불행에도 총량이 있다니 우릴 고꾸라지게 하는 것도 단순히 순리에 불과하다. 그렇게 생각하면 행복에도 총량이 있을 테니 버티고 기다려 보는 것이다. 살아가다 보면 당신의 모든 허물을 벗게 하는 일이 생길 것이다. 그때는 부끄러워하지 않고 벌거 벗어도 된다. 당신이 제일 둥그런 상태일 때니까. 시원하게 한 번 울고 탈진을 거듭하면 저도 모르게 살아갈 힘이 생기는 게 이 지독한 삶이다.

다시 말하지만, 불행에는 총량이 있다. 이 말을 종교처럼 믿었을 때 나는 손에 쥔 칼자루를 겨우 놓을 수 있었다.

나는 알아요. 당신은 본래 둥그런 사람이라는 걸.
우리, 이제 돌아갑시다. 화를 내지 않아도 돼요.
미안해하지도 말고 가만히 나를 내버려 둡시다.
지금 당신에게는 고요가 필요합니다.

간결한 인생

 사람을 믿는가. 나는 줄곧 사람으로 살아왔는데. 누군가가 오늘날의 나를 만든 요소를 물어본다면 나는 가차 없이 사랑과 우정이라고 말할 수 있다. 가족, 친구, 연인이 있었기에 지치지 않고 청춘을 달릴 수 있었고 그 은혜를 잊지 않았기에 인연을 소중히 여겼으며 나와 잘 맞는 사람과는 절대로 다툼을 하지 않으려 했다. 순간의 감정보단 몇 번의 인내가 관계를 건강하게 만들어줬기 때문이다. 하지만 인간은 본래 이기심의 동물이라고, 당신이 괜찮지 않았을 때가 있었던 것처럼 나도 가끔은 뾰족한 칼처럼 날카로워질 때가 있었다. 그렇다고 해서 이 관계를 끊어야겠다는 생각은 일절 하지 않게 되더라. 아마 이별하기 싫은 나의 겁 때문이었을 거다. 난 요동치지 않았으며 묵묵했고, 당신과 멀리 갈 체력이 있었다. 인생에서 중요한 것이 앞에 있을 때 사람은 초인이 되는 것일까? 물론, 나를 갉아먹는 관계 앞에선 쉽게 냉정해졌지만, 사랑하는 이에겐 하염없이 천사가 되고 싶은 마음이 들었다. 이제 이런 관계가 생에 쉽게 찾아오지 않을 거라는 것을 익히 알고 있는 것이다.

인연이 쉽지 않다는 것을 알기에 이별이 더욱 아쉽고 눈물이 난다. 그러나 우리는 자신만의 행복을 추구하며 살아가기에 그 길이 다르다면 곱게 악수를 청하는 것도 나쁘지 않다. 이건 그간 겪은 이별이 나에게 알려준 따뜻한 교훈이기도 하니 먹먹한 헤어짐을 슬픔으로만 치부하지 않기로 하자. 찬란한 시절을 함께했어도 지금 남남인 관계가 수두룩하지 않은가. 여전히 흠잡을 때 없는 관계를 원하지만 100% 만족은 판타지라는 걸 알았고 부스럼 없이 곁에 있는 사람을 아끼며 삶을 살아가면 된다.

더는 관계에 조급해지고 싶지 않다.
마음은 열되 조금은 냉정해지기로.

빨강과 파란불만 있는 신호등처럼
인간관계도 심플하게 만들고 싶다.

기사도 정신

"이게 너무 오랫동안 닫혀있어서 벽인 줄 알고 있지만, 사실은 문이야."

영화 <설국열차> 中 송강호의 대사

지금 내가 가고 있는 길에 권태가 느껴질 때 우리는 발걸음을 멈춘다. 다시 돌아가자니 이미 너무 멀리 와버렸고 그렇다고 다른 곳으로 가자니 높은 벽이 길을 막고 있는 것이다. 엄두가 나지 않으니 자연스레 발걸음을 뗄 수밖에 없다. 그렇게, 그렇게 쳇바퀴가 돌아간다. 다시 버티는 삶이 시작되는 것이다.

혹시 그 벽에 가까이 가본 적이 있는가? 벽을 만져보며 강도를 가늠한 적이 있는가? 주먹으로 힘껏 그것을 내리쳐본 적이 있는가? 나는 시간 낭비라고 생각하며 경주마처럼 달리기 바빴는데. 이윽고 그 높은 것이 작은 바람에 실없이 넘어가는 것을 보고 나는 경악을 금치 못했다. 마음만 먹으면 충분히 내가 뚫을 수 있는 길이었던 것이다. 여기서 다시 양자택일이다. 이 길을 멈추고 무너진 벽으로 향할 것인가, 아니면 아쉬움을 뒤로한 채 가던 길을 갈 것인가. 여태 온 게 억울해서라도 완주를 하고 싶었지만 나는 웬걸 발걸음을 돌려 새로운 길을 향해 나아갔다.

그래서 지금의 내가 여기에 있다. 만약, 내가 거기서 방향을 틀지 않았다면 어떤 인생을 살고 있을까? 도전하지 않은 삶을 생각하니 눈앞이 아득해지는 기분이다. 영화 속 대사처럼 너무 오랫동안 닫혀있는 문을 우린 벽이라고 생각한다. 손잡이가 없으면 문이 아닌가, 세상은 우리에게 그리 친절하지 않다. 모험가에게 상처는 필연이거늘. 아무런 대가 없이 새로운 길을 개척할 순 없다. 그간 내 나름 인고의 시간이 있었다. 포기를 떠올리지 않은 건 확신이 있어서였다. 그러니 무엇도 두렵지 않더라. 누군가에게 휘둘리지 않고 오롯이 내가 선택했다는 이유만으로도 우린 지치지 않을 수 있다.

삶이 고여 있다고 느껴질 땐 주변을 둘러보아라. 세상은 넓고 내가 할 수 있는 것은 생각보다 많다. 무엇보다 당신은 지금보다 더 잘 살 수 있는 사람이다. 뻔한 말 같아도 정말인 걸 어째.

나는 끊임없이 도전해 지금보다 백배는 더 나은 삶을 살 심산이다. 미지의 세계에 대한 미묘한 흥분은 우릴 더 용감하게 만드니 기사도 정신으로 앞으로 나아가 보자. 패배해도 된다. 인생에는 성공과 과정만 있을 뿐. 바닥에 누워 엉엉 운 자리도 다 결국 꽃밭이 될 것이다.

염려하지 마세요

염려나 근심이 있다는 말은 몸은 이곳에 있는데 정신이 과거나 미래에 있다는 것을 뜻한다. 그래서 "너무 염려하지 마. 근심하지 마"라는 말은 너의 몸은 여기에 있으니 마음과 정신도 이곳에 가지고 오라는 뜻을 담고 있다. 현재 당신의 몸과 정신은 어디에 있는지. 혹시 불확실한 인생에 앞을 가늠하지 못하는 불안 속에서 살고 있지 않은지.

우리는 삶에서 무엇이 가장 중요한지 알아야만 한다. 언젠가 청춘 페스티벌에 나온 요조의 강연을 본 적 있다. 그녀는 경쟁 사회에 찌든 청춘들에게 이렇게 말했다.

"진짜, 여러분. 우리는 낭만적으로 살아야 할 필요가 있어요.

누구나 알고 있잖아요. 지금 우리나라가 건강하지 않다는 걸. 청춘의 포부로, 패기로, 좀 더 책임감을 느끼고 낭만적으로 사셔야 해요. (중략)

여러분의 아름다운 젊음을 올지 안 올지 모르는 미래 때문에 혹사 시키지 마세요. 오늘이 제일 중요하고 제일 소중한 날이에요. 내일보다 더."

나는 이 말로 인생의 무게 추를 어디에 두어야 하는지 알게 되었다. 내가 언제 어떻게 세상에서 사라질지 모르니 오늘 하루를 행복하게 살아야 한다는 것이다. 지금 많은 걸 참는다고 내일 행복할 수 있다는 보장은 없다. 오늘 행복해야 내일도 행복할 수 있다. 그러니 허용할 수 있는 범위에서 나는 당신의 몸과 정신이 지금 이 시간에 머물러 온전히 하루를 만끽했으면 좋겠다.

그러니까, 우리 너무 근심하지 말자. 과거나 미래에 얽매이지 않은 채 그저 오늘을 살아가면 된다. 그것으로 충분하다.

꽤 괜찮은 삶

　내게 일어난 요란은 말하지 않으면 아무도 모르는 일이다. 그러니 쓸데없이 눈치를 볼 필요가 없다. 못난 모습을 보였다고 모든 사람이 당신을 곁눈질하는 것처럼 살지 않아도 된다. 각자 살기 바쁘다. 각자 사랑하고 아파하고 이겨내기 바쁘다는 것이다. 당신은 인생의 주인공이지, 이 세상의 주인공이 아니다. 환상에서 벗어나자. 강박을 이겨내자. 내가 아는 것이 다가 아님을 인지하면 사선으로 올라간 어깨는 내려앉고 한껏 차분해질 수 있다. 유별나지 않아도 된다. 특별한 일을 하지 않아도 어여쁜 하루다. 굶지 말고, 베개에 얼굴을 묻고 푹 자자. 아침에 일어나 해야 할 일이 있다면 어딘가에 적어보자. 저기 햇살이 당신을 비춘다. 바람도 좋으니 아끼던 옷을 입어보자. 혹시 먹고 싶은 건 없는가? 가벼운 안부를 물으며 약속을 잡아보고 듣고 싶었던 음악을 감상하자.

잔잔히 우울했지만, 조금만 노력하면 꽤 살만한 삶이 아닌가?

나의 하루는 누군가에겐 동경

살다 보니 표준에 나의 가치를 매기기 시작했다. 대한민국 평균, 30대의 표준, 중간, 균형, 명예 등등. 이런 것들이 나의 기둥을 조금씩 무너트리고 있었다.

어느 순간 내 자존감은 갈기갈기 찢겨 있었다. 인간은 왜 걷는 행복을 만끽하기도 전에 하늘을 나는 새를 동경하고 우주에 도달하길 바라는 것일까. 내가 태어났을 때 나의 세계는 창조되었고 오늘까지의 서사가 생겼다. 과거의 착오와 성장은 그 사람이 아니라 내가 제일 잘 안다. 주변인은 주연이 아니다. 근데 왜 나를 조연으로 몰아세우고 있는지. 낮은 자존감에 이끌려도 삶의 선봉만큼은 내가 서야 한다. 그러니 너무 고개를 숙이지 말자. 지금의 우리도 참 괜찮은 사람이니까. 1등은 아니더라도 그동안 나름 열심히 살아왔지 않는가?

저 사람보다 잘 돼야 한다는 강박에서 벗어나 보자. 욕심을 부릴 수 있다면 나의 행복에 초점을 맞추자. 좋은 휘장을 두르고 있어도 비교를 하면 부족함만 느낄 수밖에 없다. 잘하고 있어도 실패하는 것 같은 모순에서 탈출하자. 평균과 표준의 옷을 벗어 던지고 나에게 제일 잘 맞는 옷을 입으면 무너졌던 자존감이 다시 솟아오를 것이다. 그 모습이 조금 어색해도 금방 적응을 할 것이니 못난 과거로 회귀만 하지 않으면 된다.

나의 보통은 누군가의 허들이라는 말이 있다. 지금도 사력을 다하고 있다는 생각과 나의 레이스를 믿는다면 우리도 그토록 바랐던 것을 이룰 수 있을 것이다. 계절마다 피는 꽃이 있듯, 전부 그 시기가 다를 뿐. 포기만 하지 않으면 끝내 목표에 도달할 수 있다.

당신에게 모소대나무 이야기를 소개합니다.

모소대나무

모소대나무라는 나무가 있습니다. 이 나무는 4년 동안 고작 3cm밖에 자라지 않는다고 해요. 하지만 5년이 되는 해부터는 매일 30cm씩 자라 15M가 훌쩍 넘어 울창한 숲을 만든다고 합니다. 4년 동안 지면이 아닌 땅속에서 뿌리를 내리며 성장의 발판을 만들었던 것이죠. 엄청난 바람에 흔들릴지언정 절대로 꺾이지 않는 나무. 이 이야기는 사람에게도 뿌리를 내릴 시간이 필요하다는 메시지를 저에게 알려주었습니다. 지금 당장 눈에 띄는 성장은 없지만 높이 도약하기 위해 내실을 다지는 시기는 누구에게나 필요합니다. 기다림은 항시 고통이지만 성공의 전제조건이기도 하니까요.

하루하루 열심히 살아가지만 결실이 없어 매번 좌절하는 사람이 많죠. 저 또한 노력에 비해 부족한 결과에 고개를 숙인 적이 많습니다. 하지만 우리는 뿌리를 내리는 중이지 실패하고 있는 것이 아닙니다. 눈앞에 성과가 보이지 않아도 절대로 겁먹지 마세요. 이렇게 근간을 다지다 보면 높은 곳에 올라가서도 쉽게 무너지지 않을 텝니다. 모든 걸 쉽게 해낸 사람은 쉽게 무너지기도 합니다. 조금 늦더라도 튼튼한 삶을 사는 것이 더 낫지 않을까요?

사람에게는 다 때가 있습니다. 과정을 어여쁘게 여기면 충분히 역전 가능합니다. 그 기대에 콧김을 불어도 좋아요. 무소의 뿔처럼 전진하세요. 머지않아 당신의 시간이 올 테니까요.

그대의 인내를 깊이 존경합니다.
힘들더라도 조금만 더 버텨 보아요.

자존감은 일상의 성실함에서 온다.

하루를 짧다고 느끼는 순간

당신의 어깨는 1mm 올라가 있을 것이다.

바닥을 기었을 때를 떠올려보라.

얼마나 나에게 야만적이고 불성실했는가.

영혼 상실

사람에게는 영혼이 필요하다. 무언가를 향해 미친 듯이 달려가더라도 불어오는 바람에, 들리는 음악 소리에, 별 하나에 잠시 발걸음을 멈추는 것 말이다. 하루 24시간. 종일 시계를 보며 바삐 움직이는 우리에게는 왠지 모를 괴이한 열기가 있었다. 평일 출퇴근길 속 사람들. 그들에게선 온전한 생기를 느낄 수 없다. 고개를 숙인 채 무언가에 열중하지만, 그것은 누구를 위한 것인가. 고개를 들어 날씨를 살피고 짧은 산책만 해도 마음이 한결 나은데 어찌 우리는 어제 날씨를 기억하지 못하고 집 앞의 맛집 또한 모르며 계절이 뽐내는 풍경을 놓치고 있을까.

출판사 업무와 글쓰기로 온종일 모니터를 보고 있으면 스멀스멀 두통이 밀려온다. 그래서 일을 마치면 산책이나 요리, 독서로

눈을 돌리려고 한다. 그간 땅만 보고 다닌 시간이 얼마나 아깝고 비참한지, 나는 억지로라도 고개를 돌리기로 마음먹었다.

그간 나의 영혼은 어디에 있었는가. 어딘가에 얽혀 무수한 행복을 놓치고 있진 않았나. 가끔은 혹독한 자기 검열이 필요하다. 매일 쉼 없이 일과 공부를 하는 건 좋지만, 그건 영혼을 품고 있을 때 가치 있는 일이다. 월화수목금토일. 시간에 이끌리는 사람보단 내 시간을 애용하는 사람이 되고 싶다. 그러니 일상의 틈에 사색과 산책과 같은 사소한 조각을 밀어 넣자. 영혼을 잃으면 안된다. 영혼을 품고 있어야 어제와 오늘 그리고 내일이 더 소중해진다.

나는 절대로 생기를 잃기 싫다.

기계가 되지 맙시다.

탈환

미워하는 감정만으로 사람은 피곤해진다. 그래서 미움을 적확하게 명제하는 법을 배워야 했다. 이 감정에도 응당 여러 종류가 있기 때문이다. 미움에 사랑이 가미되면 그건 가벼운 투정으로 여길 수 있지만, 배신과 상처가 붙는다면 암세포와 같아져 머릿속을 좀 먹기 시작해 난생처음 겪는 기이한 감정을 만들어낸다. 병명을 알 수 없는 것만큼 답답한 것이 있을까. 이런 증오는 평범한 일상도 쉽게 고꾸라지게 만들고 주변 사람들에게도 부정의 기운을 전달하기에 반드시 나 자신이 치료해야 한다.

하지만 이리 상처를 받았는데 어찌 누군가를 미워하지 않을 수 있단 말인가. 참을 수 없는 무기력함에 어깨가 축- 내려가지만 얽히고설키는 감정 속에서도 올라간 눈썹은 시간에 의해 천천히 제자리를 찾는다.

참 애석하게도 우리는 그런다. 마치 아무런 상처를 받지 않은 사람처럼, 씩씩하게도 말이다.

그런 당신만큼 사랑받을 자격을 가진 사람이 어디 있는가. 우리가 손톱을 기르는 건 무분별한 상처를 받지 않기 위한 호신일 뿐. 그 누구에게도 상처 주고 싶지 않은 선한 마음은 불순물이 섞인 감정을 천천히 정화해 줄 것이다. 그러니 부디 당신이 날카로운 것에 베어 울지 않기를 바란다. 불행은 또다시 나의 문을 두드리겠지만, 다가오는 것은 곧 지나가는 것임에 전부 괜찮아진다.

억울함에 미움을 증오로 만들지 말자. 결국엔 잊히고 우린 끝끝내 일상을 탈환하게 될 테니.

원망과 미움은 내부의 적입니다.

외줄 타기

사람은 변화를 두려워하죠. 어렸을 적 전학을 가는 아이의 마음처럼 새로운 적응을 감당하기 싫은 건 나이를 먹어도 어쩔 수 없나 봅니다. 그래서인지 어느 누군가는 시도조차 하지 않는 삶을 살고 있어요. 하지만 그런 당신도 다 변화를 맞이하며 살아왔습니다. 이사를 가든 이직을 하든 새로운 사람을 만나고 이별을 하는 건 삶 어디에나 존재하고 있었거든요. 우린 요동치는 감정에 잠시 속이 메스꺼웠을 뿐, 다시 태연히 일상을 살아왔습니다. 가끔은 모든 게 안정적이었던 때가 그리울 수 있지만, 변화에 적응한 지금이 더 행복하지 않으신가요.

아, 독자님.

삶은 또 천재지변으로 급변할 겁니다. 우린 바보처럼 다시 수

긍하고 적응을 하게 될 거예요. 발발 떨었던 게 허탈할 정도로요. 그러니 때론 이 상황이 바뀔 수 있다는 마음가짐을 가지고 살아가세요. 변화를 인정하면 더 큰 행복이 찾아올 때도 있고, 한두 번쯤은 넘어져도 괜찮다는 걸 알게 될 거예요. 이 사실을 알면서도 겁을 먹는 어른의 삶이 가끔은 모순적이어서 먼발치의 누군가가 부럽기도 하지만 이 현실에 고여 있다면 우린 여기서 딱 끝입니다. 도망칠 구멍부터 찾는 것보단 직시하고, 인정하고, 반성하며 도전하고, 사고하고 각성하면 막혔던 길은 열려 족쇄를 풀고 파랑새처럼 훨훨 날아갈 수 있을 거예요. 사계절에 맞게 살아가는 것처럼, 비가 오면 우산을 펴는 것처럼 흔들리는 일상에 꿋꿋이 중심을 잡으며 살아보아요.

다시 말하지만 삶은 다시 변화할 겁니다.

위태로운 우린 전부 외줄 타기를 하는 중입니다. 그런데 그거 아세요?
바닥까지의 거리가 그리 높지 않다는 거.
그러니 가끔은 미끄러져도 좋습니다.
중심을 잡는 능력은 자연스레 늘고 있으니
다음번엔 더 오래 버틸 수 있을 거예요.

썩은 동태

아무도 나를 사랑해주지 않는다는 이유로 가면을 쓰고 혼자를 자처하면 어느 순간 당신은 나는 누군갈 사랑할 수 없다는 것을 깨닫게 된다. 아무도 인정해주지 않는다고 해서 그동안의 노력을 방치한다면 사소한 일에도 무기력함을 느끼고 모든 게 허망하다고 생각한다.

그렇게 당신의 육지가 조금씩 물에 잠긴다. 삶이 침몰당하고 점점 숨통이 막히는 것이다. 오로지 단정 짓는 것만이 상처를 막을 수 있다고 생각하는 오만은 꿈과 사랑, 건강과 마음을 빙하기로 만든다. 당신의 삶에 그 무엇도 살아남을 수 없는 것이다. 차가운 삶을 사는 인간의 눈동자에는 아무런 생기가 없다. 그러니 아니라고 말하지 마라. 그 마른 입술로 '결국은'이란 말을 뱉는 것을 멈추어라. 저 보잘것없는 풀도 고개를 숙였다 다시 자라는데 당신이라고 못하겠나. 꿈틀거려라. 두둑이 밥을 먹고 긴 목욕을 하고 멀끔한 옷을 입어라. 내 안에 죽어있던 것을 살려야 흑백 렌즈 벗어낼 수 있다.

누누이 말하지만, 세상은 마음을 먹은 만큼 아름다워진다. 충분히 누릴 것이 아직 많은데 왜 혼자 무인도에 있는 걸 자처하는가. 부러워하고 질투하며 열등감에 휩싸이는 것보단 사소한 행동을 모아 뗏목을 만들자. 당신이 한 번 노를 휘저을 때마다 삶의 궤도는 바뀐다.

무기력하게 바라만 보는 사람은 바다의 수면만 바라볼 줄 알지
또 다른 세상이 있는 걸 모릅니다.
바다의 아름다움은 물 안에 있다는 걸 기억하세요.

뻔뻔한 사람

눈치만 안 보고 살아도 인생은 평온하다. 이렇게 하면 못나 보이지 않을까, 못해 보이지 않을까, 상대가 싫어하지 않을까 같은 생각에 밤잠을 설치고 문 앞에서 한참을 서성이는 게 과연 정상의 모습인지. 유복한 삶을 살아도 결국 눈치를 보지 않는 사람이 더 행복한 일상을 보낼 것이다. 나는 강단과 고집을 믿는다. 물론, 타인의 완강함에 종종 미운 마음이 들기도 하지만 자신의 의지에 느낌표를 찍는 사람은 늘 어깨가 펴져 있었고 무너지지 않았다. 적당한 이기심과 책임에 회피하지 않는 자세는 그 누구도 비난할 수 없다.

의식하지 않는 삶. 그리고 콧방귀를 뀌며 겁을 먹지 않는 삶. 추잡스러운 흙길이라도 "여기가 내 길이 맞아요." 라고 말하는 사람이 되자. 저 사람은 당신에 대해 아무것도 모르니까.

무럭무럭 자라난 우리

시간이 약이라는 말을 철석같이 믿고 살아온 우리지만, 시간
은 우릴 더 자라게 했을 뿐. 모든 불행과 고통을 감내한 건 천천
히 자라난 당신이라는 것을 기억하세요. 생각해보면 삶의 모든
생채기는 아무런 나눔 없이 온전히 내가 겪고 삭히지 않았나요.
물론, 좋은 사람의 훈김이 있었겠지만 이를 악물고 눈물을 흘리
지 않았던 건 모두 그대의 강단입니다. 그래서 내실이 강한 사람
은 나약한 이보다 조금 더 불행을 빨리 받아들이고 빠르게 회복
하는 것이죠. 마치 어려운 길을 한 번 걸어보았던 사람처럼 말이
에요.

시간이 약이라는 말이 이젠 위로가 되지 않는다는 걸 잘 알지
만, 언젠가 괜찮아질 거라는 믿음을 꼭 가지고 계시어요. 불행

은 비처럼 언젠가 그치기 마련입니다. 해 뜰 날은 반드시 찾아온 다는 말이죠. 그러니 그 지독한 상처가 영원할 거라는 생각만 하지 않으면 됩니다. 몇 년 전에 겪은 상처가 여전히 당신을 아프게 하던가요. 결국, 다 괜찮아집니다. 더 자란 당신이 모든 풍파를 견뎌줄 것이니 우리 시간이 약이라는 말보단 더 자란 내가 버틴다고 생각해보자고요.

상처를 새살로 만들지, 짙은 흉터로 만들지는 결국 내가 선택하는 겁니다.

줄기가 아주 두꺼운 나무가 되는 것 같은 기분이 들지 않나요?

쓸데없는 오해

구태여 변명을 할 필요가 없을 때가 있다. 어떤 오해는 굳이 설명하지 않아도 아무런 상관이 없는 것이다. 어쭙잖은 관계에서의 오해는 그냥 오해다. 타인이 뭐라고 생각하든 수군거림에 뒤돌아보지 말고 가고자 했던 길을 반듯이 나아가면 된다. 정말이지, 조금만 나아가면 불필요한 사람이 내 삶에서 안개처럼 사라지는 때가 올 테니. 때론 빙산의 일각으로 판단되는 게 속상하기도 하지만 나라고 타인을 단면으로만 판단한 적이 없을까.

세상에는 불필요한 오해가 너무 많다. 전부 신경 쓰고 살기에는 갈 길이 바쁘지 않은가. 그러니 구태여 변명하지 말자. 삶에서 스쳐 지나갈 인연이라면 억울해하지 않아도 된다. 진실은 내 사람에게만. 섣불리 단정 짓는 이에겐 구구절절하지 않아도 괜찮다.

천행만복

그때 내가 원하던 것을 쟁취하고 시련에 휩싸이지 않았다면 나는 지금보다 더 행복할 수 있었을까. 글쎄, 인생은 알다가도 모르기에 지금보다 더 암울하고 지루했을지도 모르겠다. 무엇보다 고난을 견뎌내고 그 이후 만난 인연과 일상이 너무 소중해서 차라리 모든 걸 가지지 못해 다행이라는 생각이 든다. 삶은 늘 아쉬움의 연속. 몇 점 차이로 지는 만년 이등처럼 먼발치에서 일등을 바라보지만, 이루지 못해 목적이 있으며 채우지 못해 성취를 알고 불행을 아는 만큼 행복을 알고 있다. 그리고 무엇보다 허물없이 나를 사랑해주는 이가 있지 않은가.

재차 말하지만, 불행하다는 건 한때 행복했다는 증거다. 그 행복을 익히 알고 있다면 다시 만끽하려 노력해야 마땅하지 않을까. 왜 불운은 당연하고 행운은 뜬구름인가. 거두절미하고 삶에 진심을 다하여야 한다. 과거, 그 일련의 세월은 곧 다가올 행운의 재료일 뿐이니 더는 애처롭게 바라보지 말자. 고개가 돌아가는 만큼 하루의 색도는 점점 어두워질 것이다. 그러니 다가올 내일과 오늘의 공기를 사랑하자. 그러다 보면 내 삶이 그리 나쁘지 않다는 걸 느낄 수 있을 것이다.

물론, 나도 안다. 뒤돌아보는 것을 참기 힘들다는걸. 하지만 삶의 천행만복은 과거에서 오지 않는다. 그리움에 젖어 회상만 하며 평생 살 건 아니지 않은가. 그러니 이 문장을 읽는 지금 이 순간을 만끽하자. 주변을 둘러보고 쓸데없이 쥐고 있는 걸 하나둘 놓아본다면 하루는 길고, 사랑할 것은 천지에 있을 것이다.

우린 불행했었기에 행복할 자격이,
사랑받고 사랑할 자격이 있다.

천행만복(千幸萬福) : 매우 큰 행복

안아주고 싶은 당신

지옥에서도 씩씩하길

울고 있는 당신

어느 누구의 우울도 받아내고 싶지 않을 때 우리는 외로움이라는 감정을 잊게 됩니다. 언제부터였는지 몰라도 줄곧 타인의 감정을 잘 받아냈던 당신이기에 요즘 느낀 감정은 배터리가 방전되는 것처럼 자연스러운 일인지도 모르겠네요. 세상이 싫진 않지만 더는 한탄하는 사람을 보기 힘든 느낌은 이기적인 걸까요, 합당한 자기방어일까요. 고독이 필요한 우리는 도심 한복판에서 사막을 찾는 것처럼 고립을 자처하고 있습니다.

사람에 의해 살아가는 당신과 나. 가끔은 모든 우울의 근원이 사람이라는 사실에 탄식을 금치 못할 때가 있습니다. 사랑받고 사랑하기 위해 한 행동은 어느 누군가에겐 씻지 못할 상처와 그리움이 되었어요. 그래서 가끔은 세상에 등을 돌리고 아기 여우처럼 몸을 돌돌 말은 채 그저 내 감정만 바라보고 싶을 때가 있습니다. 동굴로 들어가 밤낮없이 고요히 숨만 내쉬고 싶을 때가 있어요. 하지만 밝아야만 하는 지독한 현실 앞에 다시 미소를 지을 수밖에 없겠죠. 아이러니하게 사는 우리. 지금 웃고 있는 당신은 정말 괜찮은 게 맞을까요?

가끔은 아무것도 듣지 말고 아무것도 받아내지 않는다는 마음으로
하루를 보내세요.
그러다가 먼지처럼 작은 일에 눈물이 터지면 아주 서럽게 우셔요.

남긴다는 것

영원한 건 없다는 걸 깨닫기 시작했을 때부터 기록을 하게 되었다. 한 글자라도 썼다면 그건 그날의 내 감정이요, 어느 누구 기억해주는 사람이 없으니 필히 내가 나를 챙겨야만 했다. 그래서 기록은 자존이다. 우리가 고수했던 취향도 바뀌고 하물며 내일 죽을 듯이 했던 사랑도 한낱 먼지에 불과할 때가 있는데 기록만이 우리가 사랑했던 것들을 오롯이 기억해준다. 진실은 이 녀석만 알고 있으니 내 역사를 남길 때 나는 보다 떳떳한 사람이 될 수 있었다.

셔터를 누르는 건 그리 어려운 일이 아니다. 짧은 단상을 메모하는 것에 한 시간이 드는 것도 아닌데!

먼 훗날의 나를 위해 작은 조각을 남기자. 오래된 이야기가 쌓여갈수록 당신은 무르익은 사람이 된다.

책상에 앉는 일이 고행일 수 있어도 결국은 많은 걸 남긴 사람이 웃을 수 있다. 나의 서재, 나의 전시회, 나의 박물관, 나의 영화. 인생을 예술로 가득 메꾸다 보면 오래된 목재 가구처럼 중후한 느낌의 사람이 될 수 있을 것이다.

마냥 흘러 보낸 좋은 순간을 떠올려보라.

그것을 언제든 꺼내어 볼 수 있다면 얼마나 좋겠는가.

제가 기록을 강조하는 건 정말 너무 좋은 것이기 때문이에요.

바싹 마른 식물

　여러분은 하루를 어떻게 준비하시나요. 저는 워낙 하루를 바쁘게 보내려 하다 보니 내일을 위한 시간에 무색한 사람이 된 것 같습니다. 기껏해야 영양제를 챙겨 먹고 눈을 감고 잠깐 클래식을 듣는 것뿐, 잠이 부족해 항상 부랴부랴 일어나 아침에 출근을 하죠. 생각해보니 타인을 위하는 것에는 많은 시간을 투자하고 정성을 다하고 있더라고요. 그들이 내 정성으로 하하 호호 웃어주는 것만큼 좋은 게 없기 때문이겠죠? 하지만 웬걸, 오늘은 이상한 마음이 들었습니다. 삶을 준비하지 않는 제가 영- 마음에 들지 않았던 것이죠.

　무엇을 해야 할 때 우리는 '준비'라는 것을 합니다. 스트레칭이나 손 씻기. 옷을 고르고 수저를 챙기는 건 전부 준비에 속한 것들이죠. 이런 사소한 준비는 일상에 더러 있지만 진정 내일을 위해 시간을 보내는 일은 저에게 없었던 것 같습니다. 이건 좋게 말하면 하루를 바쁘게 보내는 열정이지만, 한편으론 나를 햇볕에 두고 물 한 모금을 주지 않는 것과 같은 이치였습니다.

매일이 위태하다 보면 우리는 번아웃에 빠집니다. 도파민처럼 모든 행복을 당장 느끼려는 것과 죽기 전까지 인내하는 건 불행을 쉬이 앞당겨오는 일이니 지혜로운 조율이 필요합니다.

내일뿐만 아니라 다음 주에도, 다음 달에도 해야 할 일이 산더미일 거예요. 메모장에 To-Do-List도 좋지만, 나의 쉼을 위한 Relax List도 몇 개 적어보세요. 타인을 위한 준비가 아닌 나를 위한 준비를 해보는 거예요. 그렇게 당신을 다독여주는 하루를 보내다 보면 매너리즘과 번아웃으로부터 자유로워질 수 있을 겁니다.

나의 안식을 위해 무엇을 할 건지 아래 적어보세요.

_____

_____

_____

_____

_____

_____

_____

_____

_____

_____

_____

_____

_____

_____

_____

물풍선

마음에는 풍선이 있었습니다. 그 안에는 그간 참은 것들이 출렁출렁, 그 위태함을 안고 우린 태연히도 하루를 살아왔어요. 그러다 문득 본 타인의 눈물과 아무렇지 않은 말 한마디가 바늘이 되어 톡 하고 풍선을 터트립니다. 당신과 나는 그때 엉엉 울어요. 왜 갑자기 눈물이 나오지, 하면서도 서러움이 복받쳐서 큼지막한 물방울을 바닥에 뚝뚝 떨어트리죠.

마음에는 풍선이 있어요.
하나가 터지면 전부 무너질 것 같아서 꾹꾹 참는 인내가 있어요.
그리고 지침이. 울지 못하는 삶이 있어요.

퇴근길에서

　하나도 마음대로 되지 않아요. 알아요, 그래도 살아가요. 이렇게 사는 것만으로도 행복하다는 걸 알고 있으니까요. 어깨에 힘을 뺍니다. 굳었던 몸을 펴면 둔탁한 뼈 소리가 나요. 코로 가슴이 부풀 때까지 숨을 마셔보세요. 그리곤 마른 입술을 열고 바람을 내뱉습니다. 자, 이제 창문 쪽을 보세요. 시선을 아래로 두지 말고 사선으로 올리세요. 저기 아무런 불순물이 없는 풍경이 있어요. 그냥 바라보는 거예요. 구름이 없구나, 저녁엔 조금 추우려나 하면서요. 근처에 유리잔이 있다면 시원한 냉수 한 컵 해요. 입술에 침도 좀 바르고 눈도 깜빡여보세요. 당신이 이렇게 움츠러들고 바싹 마른 건 매일매일 사력을 다해 살고 있기 때문이에요. 그로 인해 오늘이 있어요. 마음대로 되지 않아도, 지옥 같은 늪이라도 용케 움직이고 있는 우리입니다.

삶이 참 고되죠?

뭐든 내 마음대로 되지 않으니 이 책을 펼친 걸지도 모르죠. 고맙습니다. 이걸로 우린 짧은 대화를 했고 저 문장 중 하나라도 따라 했다면 그걸로 하루는 더 나아질 것입니다. 그러니까 너무 한 곳만 바라보지 말아요. 당신은 이상하리만치 나를 돌보지 않아서 가끔은 따끔하게 혼내주고 싶어요. 비싼 돈 드는 것 아니니 내가 가진 24시간 중 5분이라도 안정을 취하세요.

누가 당신을 쫓아오는 것처럼 살지 마세요.

충분히 잘해오셨으니.

당신이 한 번 웃을 때마다 빛이 번쩍인다.
당신이 슬픔을 딛고 일어서면 주위가 환해졌고,
아무런 대가 없이 무언갈 사랑하고 있을 땐
눈이 부시게 아름다웠다.

그러고 보면
그대는 늘 그 자리에서 빛나고 있었구나.

사랑할 수밖에 없는
인생

삶을 되돌아보니
결국 사랑밖에 없더라.
그러니 나의 인생은 꽃밭.
슬픔은 다 거름이다.

엎드려서 울고 싶다

　예전에. 아주 예전에 나 생각 없이 살 때. 그때 혼자 영화를 보러 간 적이 있다. 코코였나, 아버지 장례가 끝난 지 며칠이 채 지나지 않았을 때일 것이다. 죽은 사람의 영혼에 관한 이야기였는데 어쩌나 눈물이 나는지. 사람들 사이에서 혼자 숨을 껄떡이며 소매로 눈을 훔쳤던 기억이 있다. 누나는 그런 나에게 지금 무슨 정신으로 영화를 보러 갔냐고 핀잔을 했고 나는 아무런 대답도 하지 못했다. 그저 철없는 26살의 신하영이었다.

　사실 그때 살고 싶어서 영화관에 갔다. 내 안구 뒤에 가득 찬 눈물을 터트릴 방법을 몰랐기 때문이다. 사람들 앞에서 울기 싫었던 나는 혼자 울 수 있는 방법을 찾다 홀린 듯 표를 예매했다. 방법은 통했고 슬픔에 온통 젖어버린 나는 영화관에서 나와 혼자 동네를 걸었고 담배도 태우고 벤치에 앉아 목이 아플 때까지 하늘을 바라봤다.

'아, 아버지가 떠났구나.'
이별이 솜털까지 느껴지던 순간이었다.

몇 년 뒤. 15년 동안 키우던 우리 쭈쭈를 무지개다리로 보내주면서 나는 생각했다.

'영화관으로 가야지.'

그때 무슨 영화를 봤는지 기억은 안 나지만 나는 널찍한 영화관에 나를 가둔 채 울고 싶은 마음을 서서히 해방시켰다. 그리고 한쪽으로는 영화를, 한쪽으로는 아버지에게로 가고 있는 귀여운 말티즈 한 마리를 생각했다. 유니콘처럼 날개가 달린 우리 쭈쭈 말이다. 그러다 보면 금방 코끝이 찡해져 아무런 눈치도 보지 않고 닭똥 같은 눈물을 줄줄 흘릴 수 있었다. 그때 내가 할 수 있는 게 정말 그것밖에 없었다.

그 뒤로 이별을 겪으면 보고 싶지도 않은 영화를 봤다. 눈물이 나오지 않으면 진심으로 사랑을 하지 않아서일까. 아니, 그런 것도 아닌데.

나는 사랑하는 가족을 잃으며 그간 했던 사랑. 즉, 연애에서 느꼈던 사랑이 저 책상 밑에 있는 작은 먼지라는 걸 깨달았다. 비교조차 할 수 없는 큰 사랑이 내 눈앞에서 사라졌기 때문이다. 이 미련한 놈은 상실을 겪은 후에 그것을 깨달았다. 그렇다고 연애를 등한시한 것은 아니지만, 무엇보다 소중히 여겨야 하는 건 내 가족이었다. 여전히 철부지지만 이제는 내 사람을 보다 아끼며 살아가려고 한다. 비단 가족뿐만 아니라 나와 연이 닿아있는 모든 사람에게 할 수 있는 사력을 다하자는 게 지금 내 신념이자 철학이다.

하지만 언젠가 나는 또 혼자 쓸쓸히 영화관에 갈 것이다. 만약 당신이 영화관에서 혼자 울고 있는 남자를 본다면 나일지도 모르겠다. 미래의 나는 어떤 이별을 겪었으려나. 부디 후회가 덜하길 바란다.

이별은 언제나 두렵구나.
나는 앞으로 얼마나 더 아파야 할까?

울고 싶을 때 우는 방법을 모르는 나는 참으로 기괴하게 울음을 쏟아낸다. 울고 싶을 때 울고 싶다.
울고 싶을 때 엎드려서 엉엉 울고 싶다.
어쩌다가 이렇게 됐을까.

소고기 김밥

지독한 서울살이. 오늘도 혼자 밥을 먹어야 한다. 1일 1식을 빌미로 넘길 수 있었지만 요즘 들어 밥심의 필요성을 심히 느끼고 있어 바지런히 챙겨 먹기로 했다. 근사한 것은 필요 없으니 근처 김밥집으로 들어가 자리에 앉는다.

"사장님, 여기 소고기 김밥 하나랑 쫄면 하나 주세요."

별 고민 없이 주문한 이유는 김밥 중에 소고기 김밥을 가장 좋아하고 마침 쫄면이 당겼기 때문이다.

어렸을 때 우리 엄마는 김밥 장사를 했다. 아직도 정확히 기억하는 장산 김밥. 집 뒤에 장산이라는 산이 있어서 엄마는 심플하게 이름을 지었을 것이다. 가게에는 다양한 메뉴가 있었는데 그

중 기억나는 것은 단연 소고기 김밥이 아닐 수가 없다. 다진 소고기를 간장 베이스 양념에 볶아 김밥 안에 넣으면 어쩌나 맛있는지, 사실 제일 비싼 김밥이기도 해서 소고기 김밥은 내게 일주일에 한 번쯤 먹을 수 있는 특식 같은 것이었다. 가게는 아파트 지하상가에 있었고 엄마는 아빠와 매일 꼭두새벽에 일어나 재료를 손질하고 예약된 김밥을 말았다. 안에서만 장사를 할 순 없어 가끔은 거리에 테이블을 펴고 김밥을 팔곤 했는데 단속원이 와 서둘러 짐을 정리하는 엄마 아빠의 모습이 아직 머릿속에 새겨져 있는 걸 보니 어렸던 그때도 가슴이 아팠나 보다.

엄마는 장국을 정말 잘 끓이셨다. 멸치와 다시마로 끓인 아주 기본적인 장국. 단골손님들은 그 국물로 만든 국수를 좋아했고 나도 가게에 놓여있는 장국에 후추를 톡톡 뿌려 후후 불며 마시곤 했다. 하교를 하면 가게로 가 장판이 깔린 작은 공간에 몸을 돌돌 말아 낮잠을 자기도 했고 학습지 숙제를 하거나 책방에서 만화책을 빌려보기도 했다. 허기가 질 때면 엄마가 "뭐 먹을래?" 하며 내게 여지를 던져줬는데 나는 항상 칼국수나 소고기 김밥을 해달라고 했던 것 같다. 야무지게 먹는 내 얼굴을 바라보며 "어이구 내 새끼 잘 묵네"라고 말하던 우리 엄마. 아직 엄마 앞에서 밥풀을 흘리며 밥을 먹는 아들인 게 다행이라는 생각이 들었다.

아빠는 엄마의 큰 조력자로서 밥을 만들고 무거운 짐을 옮기며 서포터 역할을 톡톡히 해주었다. 그러고 보면 두 분은 엄청난 일을 한 게 분명하다. 지금은 한 줄에 3,000원이 훌쩍 넘는 김밥을 재료를 한가득 넣고도 천 원에 팔고 그것만으로 몇천만 원을 벌었으니 말이다. 어린 나는 그 노고를 알 리가 없었다. 오락실을 좋아해 지폐가 잔뜩 들어있는 돈통에서(그땐 현금 장사라 집에 지폐와 동전이 많았다.) 동전을 빼갔고 양아치에게 돈을 빼앗긴 적도 몇몇 있었다. 철이 없는 나는 우리 집이 부자인 줄만 알아서 친구들에게 말도 안 되는 허세를 부리기도 했다. 그런 나를 혼내고 다시 아무 일 없듯 일을 하셨지만, 엄마는 분명 삶이 고되었을 테다. 매일 6시에 일어나 장사를 하고 집에 돌아와 가족들의 저녁을 챙겨야만 했던 사람. 나는 그런 엄마의 인생이 이제야 눈에 보이기 시작했다.

장산 김밥은 내가 중학생 때 다른 사람에게 넘겨졌고 엄마는 김밥은 쳐다도 보기 싫다며 손에 묻은 깨와 참기름을 말끔히 씻어내셨다. 내심 아쉬운 마음도 있었지만, 뭐든 잘하고 빠르게 실천하는 사람이었기에 금세 다른 일을 찾으셨다.

가끔, 이렇게 서울에서 혼자 김밥을 먹다 보면 나는 엄마가 해준 소고기 김밥이 생각난다. 우엉 몇 가닥이 삐져나온 꽁다리와 송송 썰린 파가 올라간 장국. 그리고 나를 사랑스럽게 쳐다보는 조금 젊은 날의 엄마 얼굴이 말이다.

다시 김밥을 만들어 달라고 말은 못 하지만 나는 묵묵히 김밥을 말고 있는 아주머니를 보며 사랑하는 엄마를 떠올렸다. 작은 바람이 있다면 엄마가 그때의 시절을 좋은 추억으로 여겼으면 싶다는 거다. 이제는 다른 사람이 만든 김밥을 포장해서 옆에 엄마를 태우고, 항상 나를 챙겨주는 우리 누나와 사랑하는 삼촌과 함께 어디론가 소풍을 갈 수 있을 테다.

그러니까, 내가 사는 이유는 이런 사소한 것이 아닐까. 밥 먹으면서 괜히 유난은….

버무린 쫄면 위에 속이 꽉 찬 소고기 김밥 한 개를 올리며 목에서 올라오는 울음을 간신히 참아냈다. 밥을 먹고 있었지만, 마음에 허기가 지는 밤이었다.

"엄마.
나는 엄마의 오징어 볶음과 된장찌개를 먹기 위해
이리 열심히 사는 게 아닐까?
보고 싶어라. 제발 아프지 말자. 내가 얼른 성공해서 호강시켜줄게.
우리 엄마 여태 많이 고생했다."

그럴 수도 있지

"그럴 수도 있지."라고 말할 수 있는 사람이 되고 싶었다. 내 상이든 외상이든 무언가에 상처를 받았을 때 크게 진위 여부를 따지지 않고 그럴 수 있겠다며 상대를 이해하는 사람이 되면 마음이 평온할 것 같았기 때문이다. 실제로 지금의 나는 '충분히 이해해'라는 말을 서슴지 않게 쓰고 있다. 상대의 고의적인 악의 정도는 판가름할 수 있는 시야가 생긴 것이다. 우리에게는 각자의 감정이 있고 남들이 모르는 서사가 있다. 일방통행만큼 답답한 건 없으니 나는 내가 믿고 있는 모든 것을 정답으로 치부하지 않기로 했다. 막힌 곳이 없으면 통풍이 잘되고 한 뼘의 여유가 숨통을 트이게 한다.

3월.

이사를 겨우 마치고 쓰레기봉투를 사러 가는 길. 엄마는 짐을 한가득 풀어야 한다는 나의 투정에 이렇게 말했다.

"아들, 하기 싫으면 하지 말고 하고 싶을 때 풀어."
"에, 정말로?"
"응. 어차피 계속 지낼 건데 천천히 하면 되지."

시간만큼 큰 재산은 없다고. 내가 가진 것 중 가장 많은 것이 시간이니 그것을 더 유용하고 행복하게 쓰라는 말이었다. 물론 빠른 정리가 마음에 편해 곧장 짐을 풀었지만, 엄마가 해준 말이 며칠이 지나서도 계속 귀에 맴돌았다.

"짐 좀 늦게 풀 수도 있지. 지금은 너무 피곤하니까 쉬면서 천천히 해. 아무도 재촉 안 하니까."

이렇듯 나는 넉넉한 여유가 있는 사람이 되고 싶다. 물론, 일사천리로 빠른 성공과 행복을 쟁취하면 좋겠지만 그것은 로또처럼 낮은 확률의 싸움이 아닌가. 빛나는 별에 도달하지 못해 절망을 겪는 것보단 전봇대의 낭만에 취하는 게 내게 곧잘 어울린다. 낮고 은은한 것. 그리고 그럴 수도 있다는 마음을 가지는 것. 내게 좋은 인상을 심어주었던 사람은 언제나 늘, 한 뼘의 여유가 보였었다.

여유는 나를 보살피는 일. 요동치는 감정을 잠재우는 일. 한술 뜬 밥숟갈을 더 맛있게 음미하는 일. 노래 가사에 그제야 귀를 기울일 수 있는 일. 쌓인 먼지를 닦는 일. 안부를 전할 수 있는 일. 그리고 마음 편히 사랑할 수 있는 일.

이러니 마음을 편하게 먹고 사는 것만큼 좋은 것도 없다.

기죽은 어른

가끔은 기가 죽을 때가 있다. 내가 너무 보잘것없어서, 저 사람보다 별로인 인생을 사는 것 같아서 저도 모르게 울상을 짓는 것이다. 나는 별다를 것 없는 것을 행복이라 여겼는데 마음 안에는 남들보다 더 행복하고 싶은 욕심이 그득 차 있었다. 혼자 밥을 먹고, 동료와 가십거리를 애기하고 다시 모니터를 보는 일상. 다른 사람보다 특별히 하는 것이라곤 글을 쓰는 것뿐인데 누군가는 이런 나를 동경하기도 한다. 나도 안다. 글을 쓰는 걸 축복이라 말하는 건 내가 자주 하던 말이니까. 그런데 나는 가끔 내가 너무 작아 보여 지구 반대편으로 도망치고 싶을 때가 있다. 누군가의 얼굴이 안 좋으면 괜히 내가 잘못한 것 같아 어깨가 움츠러들고 뉴스에서 허망한 죽음을 맞이한 사람을 보면 삶이 덧

없다고 느껴진다.

속이 답답할 땐 하늘을 본다. 어느 날, 동네 언덕으로 급히 뛰어가 별을 찾는 내 얼굴은 석고상처럼 굳어있었다. 지금 행복하냐고 스스로 자문해본다. 풀이 죽은 나는 행복한데 행복하지 않다며 억울한 감정을 음파처럼 뿜어낸다.

그토록 보고 싶었던 샛노랗고 동그란 달. 가만히 달을 보고 있으면 눈이 부셔서 금방 고개를 돌린다. 이게 뭘까? 조금만 고통스러우면 금방이고 등을 돌리려는 나. 조용한 골목 어귀에서 나는 그동안 숨겨왔던 나약함에 대해 한참을 생각했다.

도망가고 싶거나 기가 죽는 건 내가 무언 갈 잘못했을 때 가장 크게 느껴진다. 불행이 찾아올 것 같은 기분이 느껴지면 나는 먼 과거까지 돌아가곤 하는데, 삶을 도화지처럼 깨끗하게 살아내지 못한 것이 왠지 죄를 지은 것처럼 느껴졌다. 하지만 사람은 누구나 잘못을 하지 않는가. 고개를 숙인 나를 아무도 다독여주지 않아서 지구상에 홀로 존재하는 것처럼 아주 잠시 외롭고 쓸쓸했다.

새벽 두 시.
이불을 목까지 덮고 가만히 천장을 바라본다.

'정말 잘못 살고있는 걸까?'

쉽게 인정하지 않는 걸 보면 그래도 열심히 살았다고 생각하나 보다. 근데 왜 이렇게 울상을 짓느냐고 되물으면 아무 말도 하지 못한다. 그렇게 생각에 잠긴다. 우울함에 침잠된 나는 몇 시가 되었는지도 모른 채 서서히 잠이 든다. 한 번도 본 적 없지만, 열렬히 사색에 잠기다 지쳐 잠든 내 모습을 상상하니 참 앳되고 여린 것 같이 느껴졌다. 뽀얗고 연약하고 툭- 하면 울 것 같은 아이처럼. 해가 뜨면 나는 아무 일도 없었던 것처럼 샤워를 하고 옷을 입고 출근을 해 밀린 일을 해나갈 것이다. 이것이 진정 어른의 인생인가. 어쩌면 나는 이미 꽤 강한 인간일지도 모른다.

길을 걷다 마주하는 사람의 어깨만 바라볼 것 같은 나날이다. 나처럼 날개뼈가 한껏 움츠러든 어른들이 거리 위에 서 있다. 그 속에서 치열히 살아가는 나. 특별하지 않아 평범한 인생이지만 당신도 나도 어디론가 멀리 떠나고 싶은 자유를 꿈꾸고 있는 건 확실할 것이다. 이렇게 살아도 나쁘지 않겠지? 오늘 하루를 무탈하게 보낸 것에 또 감사함을 느끼며 짙은 사색을 멈춰본다. 아무런 해답을 갖지 못했지만 그래도, 그래도.

어쩐지 등 한쪽이 으슬으슬한 느낌이다. 나는 여전히 날고 싶은 걸까. 기가 죽은 어른은 오늘도 몸을 웅크린 채 잠에 빠져든다.

웃음절도범

"난 남들 웃은 거 보면 그렇게 기분이 좋더라. 내가 행복하지 않을 때 나는 타인의 미소를 보고 그것을 훔치곤 해. 물론 가까운 사람의 미소를 볼 수 있지만, 매일 보는 얼굴이라 괜히 낯선 사람의 행복을 슬쩍하고 싶은 거 있지. 그래서 어디서든 주변을 유심히 살펴본다? 어디 호탕하게 웃는 사람 없을까 하고. 얼마 전에는 회색 후드를 입은 남학생을 유심히 보는데 휴대폰을 보고 씩 웃는 게 얼마나 맑아 보이는지…. 나도 덩달아 푸스스 웃어버렸어. 좋아하는 여자한테 메시지를 보내는 거였으려나?

아, 그리고 출근길에 차가 막히는 구간이 있다? 염창역으로 가는 길인데 거기에서 한 아주머니를 본 적이 있어. 긴 이어폰 마이크를 입에 갖다 댄 채로 열심히 수다를 떨고 있었는데 되게 재밌는 대화를 나누시는 것 같더라고. 처음에는 그냥 봤는데 어제까지 하면 본 것만 다섯 번이 넘어. 그때마다 아주머니는 익살스러운 표정으로 웃고 있었고 그 덕에 나도 삭막한 출근길에 미소를 한 번 더 지을 수 있었어. 차가 막혀도 기분이 나쁘지 않았지. 아무런 서사도 모르고 일면식도 없는 사람에게 위로를 받다니, 참 신기하지? 괜히 나 혼자 머쓱해서 도둑질이라 하는 거지 사실은 일상의 작은 행복을 모으는 아주 담대하고도 가치 있는 일이야. 드라마 나의 해방 일지에서 미정이가 구씨한테 설레는 순간을 1초, 2초 모으다 보면 숨통이 트인다고 하잖아. 그것처럼 나는 미소 도둑으로 꾸준히 행복을 모으고 있는가 봐.

이것도 죄일까나.

근데 나는 이렇게 생각해. 언젠가 내 웃음에 누군가도 몇 초 정도는 행복하지 않았을까 하고. 원래 모든 감정은 전염이잖아. 우울이 그렇듯 기쁨도 그런 게 아닐까. 가만 보면 행복도 참 별것 없는 것 같아. 그러니 우리 많이 웃자. 그리고 너도 가끔은 미소 도둑이 되어봐. 누군가의 미소를 지긋이 바라보는 일은 꽤 괜찮은 일이야."

많이 웃으면 밝은 전구가 됩니다. 정말 그 자체로 빛이 나요.

리어카 할머니와 청년

1월의 어느 늦은 밤. 지친 몸을 이끌고 퇴근을 하는 길이었다. 골목길에 들어섰을 때 맞은편에서 폐지를 줍는 할머니가 리어카를 끌고 오고 있어 미리 길 왼쪽으로 발걸음을 옮겼다. 조금 더 가까워지니 할머니 옆에 서 있는 한 남자가 보인다. 그는 리어카 속도에 맞춰 천천히 할머니와 발을 맞추고 있었다. 두 손으로 가방끈을 잡고 고개를 돌려 할머니에게 말을 걸던 사람. 그들과 교차할 때 귀를 쫑긋 세우니 이런 말이 들려왔다.

"맞아요, 저도 그런 것 같아요. 할머니는 괜찮으세요?"

찰나의 순간이었지만 고개를 끄덕이며 말하는 그는 할머니의 말에 공감을 해주는 듯했다. 할머니도 그에게 이것저것을 애기하는 듯했는데 그 모습이 참 예쁘고 다정해 보였다고 할 수 있겠다. 몇 발짝 더 가다 뒤를 돌아본다. 거무튀튀한 골목길에 가로등 불이 길을 비추고 그사이에 리어카를 끄는 할머니와 옆에서 안절부절못하는 청년이 보인다. 그 광경을 멍하니 바라보는데 갑자기 눈물이 차올라 서둘러 고개를 돌렸다.

사실, 그 장면을 카메라에 담고 싶었지만, 마음속에 남기는 게 좋을 것 같아 다시 집으로 향했다. 신발을 벗고 옷을 갈아입고 손과 발을 씻으면서도, 소파에 앉아 티브이를 보고 자기 전에 누웠을 때도 그들이 생각나 잔잔한 미소가 입에 머금어졌다. 진짜 착한 사람, 진짜 진짜 좋은 모습이었다고 말하면서.

어디서부터 만났는지 모르겠지만 남자는 분명 할머니를 도와주려 했을 것이다. 짐작건대 다시 무언갈 떨어트리지 않을까 조마조마하며 동행을 자처하지 않았을까.

나는 가끔 이렇게 아무것도 아닌 장면에 왈칵 눈물이 난다. 정말 궁상이 따로 없다. 하지만 메말라가고 있는 마음에 이런 일은 폭포수를 맞는 것처럼 한순간에 나를 젖게 만든다. 물론, 글을 쓰기 위해 항상 촉촉한 상태로 지내려 노력하지만 이렇게까지 마음이 뭉클했던 적은 없었다. 선한 사람과 연약한 사람의 조각을 볼 때마다 이러는 건 나 또한 그들과 같은 사람이라 그런 것일 테다. 나이가 들수록 사람은 단단해진다더니 나는 웬걸 점점 말랑말랑해지는 기분이다. 타인을 위로하는 작가일지 몰라도 나라는 사람의 본질은 연약함 그 자체다. 나였다면 감히 그처럼 행동하지 못했을 거다. 그래서인지 그 용기와 선함이 얼마나 멋있었는지 모른다.

잠에 들기 전에 천장을 화면 삼아 다시금 그 장면을 떠올려본다.

아아, 좋아라.
그들에게 좋은 일이 일어났으면.

좋은 사람

"좋은 사람을 운운했던 때가 있었다. 배려심이 깊고 모든 걸 포용해주며 가식 없이 위해주는 사람을 원했던 나날⋯."

여기까지 쓰고 뒤 문장을 오랫동안 적지 못했다.

아, 머리가 아프다. 오늘도 무언갈 쥐어 짜내기 위해 오만가지 생각을 다 해서일 테다. 수첩에 적어놓았던 '해야 할 일'에 모두 줄이 그어져 있으니 그걸로 된 거다. 샤워를 하고 맥주를 마시자. 새벽이 오면 아무런 상념 없이 잘 수 있을 테니까.

언젠가, 엄마가 내게 이런 말을 해준 적이 있다. 그냥 서울에서 먹고사는 것만 봐도 신기하고 기특하다고. 근데 이 말까지는 그냥 들을 수 있어도 고맙다는 말에는 고개를 절레절레 젓게 되더라.

엄마, 나는 엄마한테 더 못 해줘서 미안할 뿐인데.

사랑하는 사람을 생각하다, 그 마음을 감히 헤아리다 문득 하나를 깨닫는다.

'좋은 사람이라는 건 마음껏 기댈 수 있는 사람이 아닌 자신의 자리에서 굳건히 삶을 사는 사람일 수도 있겠구나.'

엄마가 행복할 수 있는 것만 하면서 건강히 잘 지낸다면 그걸로 내겐 충분한 행복이듯, 아무런 걱정을 끼치지 않고 자신의 길을 묵묵히 가기만 해도 누군가에게 좋은 사람이 될 수 있는 것이다. 엄마는 그런 의미에서 이 못난 아들내미에게 고맙다는 말을 했겠지. 그러고 보면 좋은 사람의 기준이 뭐 그리 높았는지, 안쓰럽지 않고 잘만 살아도 내 마음은 편안 그 자체였다. 그러니 당신도 좋은 사람. 나도 좋은 사람이다. 꼭 무언갈 주고받아야 좋은 삶은 아니니까 우린 남들 걱정만 시키지 말자.

자기애

나는 내가 예뻐 보이지 않았다. 거울을 봐도 볼에 난 뾰루지만 거슬릴 뿐이지 '역시 괜찮아' 같은 생각은 추호도 들지 않은 것이다. 언젠가, 누군가가 내 눈동자를 칭찬한 적이 있다. 갈색이 도드라져서 참 예쁘다고. 전에 만났던 애인은 내 귀가 그렇게 예쁘다고 했고 나는 그 뒤로 내 귀와 눈동자를 애정하며 인생을 살고 있다.

역시 사람은 칭찬을 들어야 하는 걸까? 머리를 말리기 전 푸석한 얼굴을 유심히 바라보다 얼른 고개를 돌려버렸다. 비단 외모뿐인가, 나는 종종 내 인간상을 의심하기도 한다. 이기심과 부족함을 자기 합리화를 통해 무마하는 것이다. 바라는 것이 내 노력이 비례하지 않을 때 보통 그랬던 것 같다. 그럼에도 불구하고 나는 왜 당신에게 자존감이 높다고 말했던 걸까?

그건 내가 누구인지, 그동안 어떤 삶을 살았는지 누구보다 잘 알고 있기 때문이다. 못나고 추악해도 나다. 나는 그것을 스스럼 없이 인정하고 있다. 모든 건 나의 순수에서 비롯된 것. 내가 예쁘게 보이는 게 무조건 좋은 것만은 아니었다. 나는 나의 부족함을 허물없이 인정하고 더 나은 사람이 되고 싶은 열망을 가지고 있다. 이렇게 노력하다 보면 눈동자와 귀가 아닌 다른 매력을 찾을 수 있지 않을까?

다른 말 필요 없이 나의 빈틈을 사랑한다.(여전히 뾰루지는 싫지만) 나의 허점은 곧 인간적인 미. 이것 또한 '자기 위로'일지 몰라도 나 또한 누군가의 서툰 점이 귀여워 보이니 우리는 적당한 자존감을 가진 채로 서로의 빈틈을 애정하며 사는 게 아닐까. 내가 예뻐 보이지 않아도 나라는 사람이 눈물겹게 애틋하다. 이 격동하는 세상에서 나름 잘살고 있는 인간이니 그것으로 고개를 들기 충분하다.

이렇게 눈치 보지 않고 내 삶을 주체적으로 사는 것 자체로 나는 단단한 사람이다.

나의 자존에게

나는 네가 더 밝고 긍정적이었으면 좋겠다. 나는 네가 더 솔직해졌으면 좋겠고 사사로운 일에 더 많이 웃었으면, 잘 자고 밥도 잘 챙겨 먹어 건강했으면 좋겠다. 나는 네가 하는 일에 대한 신념을 가지고 멈추지 않았으면 좋겠다. 아파도 조금 더 넓은 아량으로 사람을 이해하고 선한 영향을 주는 사람이 되어 오래 기억에 남는 사람이 되었으면, 주어진 것에 감사하고 시간을 헛되이 쓰지 않으며 올곧고 반듯한 마음을 가졌으면 좋겠다. 나는 네가 탐욕에 휩쓸리지 않고 중심을 잡는 기백 그리고 숱한 유혹을 떨쳐내는 사람이 되었으면, 잡음 속에서도 아름다운 음을 찾아내고 재밌는 이야기를 해주며 지쳐도 금방 자고 일어나는 사람이 되었으면 좋겠다. 무엇보다 가족에게 다정하고 후회도 할 줄

알며 가끔은 욕도 하고 서럽게 울기도 했으면 좋겠다. 그렇게 이
너저분한 인생을 꿋꿋이 살았으면 좋겠다.

귀여운 것이 세상을 구한다

고통에 밤을 지새우던 나날. 쓸데없는 걱정인 걸 알면서도 크게 한숨을 쉬기 바쁘다. 나에겐 해독제가 필요했다. '걱정 중독'에서 벗어나야 평범한 일상을 되찾을 수 있기 때문이다. 해독제라 하면 해발 3,000m에만 피어나는 꽃을 떠올리게 되는데 내가 거길 어떻게 간다고. 나에겐 걸을 의지조차 있지 않았다. 어깨가 축 처진 게 꼭 전 재산을 탕진한 빚쟁이 같이 보인다. 안 그래도 쌍꺼풀이 없는데 무쌍의 눈은 사막여우처럼 얄팍하기 그지없다. 목은 왜 이렇게 마른 지, 물을 많이 마신 탓에 새벽에 화장실에 가는 일이 잦았고 아침에 힘겹게 일어나며 나는 이 삶이 고되다고 느꼈다.

눈을 뜨면 파도 소리가 들린다. 스마트 전등에서 지원해주는 사운드였는데 이젠 이것조차 지겨워 당장 끄기 바쁘다.(알람이

라는 존재는 아이유의 음악도 쉽게 질리게 할 것이다.) 화장실로
가 칫솔을 물고 음악을 튼다. 되도록 밝고 경쾌한 노래로. 하지
만 변덕이 심한 나는 샤워를 하면서도 물기 어린 손으로 플레이
리스트를 넘기기 바쁘다. 그렇게 머리를 말리고 로션을 바른 뒤
대충 옷을 골라 입고 차에 올라탄다. 하품을 쩍-. 매일 오가는
길이라 이젠 네비도 켜지 않는다.

'작업실에 가자마자 커피를 내려야지.'
'오늘은 원고 피드백을 하자…! 근데 콘텐츠는 어떻게 만들지?'
'회에 소주 마시고 싶다.'

시답지 않은 잡념을 하다 보면 어느새 망원동에 도착한다. 그
렇게 나의 하루가 시작되는 것이다. 이런 루틴 속에서 나는 점점
시들어갔다. 앞서 말한 걱정 중독에 얼굴이 파랗게 질려버린 것
이다. 책상에 앉아 로봇처럼 일을 처리해 나가다 보면 쌓인 피로
에 눈꺼풀이 무거워진다. 그리고 겉잠에 빠져드는 순간 카톡 하
나가 울린다.

- 엄마 : (동영상) "보리 물속에서 수영한다~"

약 2년 전, 엄마의 동반자가 된 보리(별명 : 뽀뽀리) 어느새 쑥
쑥 자라 이젠 물 안으로 첨벙첨벙 뛰어 들어간다.

"아이고 우리 뽀리 예뻐라…."

약 15시간 만에 웃음을 지었다. 그간 카톡방에 올라온 보리 사진을 한참 들여다본다. 하얀 멍청이 같고 순딩한 게 정말 귀여워 죽겠다. 말티즈가 세상을 구한다는 게 이런 것인가. 혼자 쿡쿡 웃다 보니 허리가 다시 꼿꼿하게 세워져 있었다. 그때 스쳐 가는 뇌리에 무릎을 탁! 친다.

'등잔 밑이 어둡다더니, 나한테는 귀여운 게 필요한 게야!'

잠시 일을 제쳐두고 재롱이(@jrong.__) 인스타그램에 들어간다. 아이코.. 귀여버라…. 아빠 미소를 하고 열심히 사진을 넘겨본다. 그리고 유튜브에 들어가 귀여운 다람쥐를 검색하고 한참이나 모니터를 응시했다. 어떻게 볼에 저렇게 많은 도토리가 들어가지? 나도 모르게 어깨가 움츠러들고 발가락에 힘이 들어가는 게 꼭 중독에서 해독되는 것 같은 느낌이 들었다. 그렇게 나는 귀여움으로 무기력함을 겨우 벗을 수 있었다.

–

퇴근 후 집에 돌아오니 우울의 기운이 스산하게 남아있다. 이대로라면 지옥 같은 새벽을 다시 보내야 할 것이다. 나는 약을 털어 넣듯 친구의 아들 사진을 보고, 고양이의 꾹꾹이 영상을 본다. 마음이 편안해지는 건 무슨 일이람. 우습지만, 귀여운 건 세상에서 가장 강력한 무기라는 생각이 들었다.

'그래, 귀여운 게 최고지. 귀여우면 진짜 답도 없어. 이제 좀 살겠다.'

생각해보면 나는 사랑에 빠지면 애인에게 '예쁘다'보단 '귀엽다'라는 말을 더 많이 했던 것 같다. 예쁘고, 고혹적이고, 청순한 걸 뛰어넘는 표현이 귀엽다랄까. 사람들은 귀엽다는 말을 약소평가하지만 적어도 나에게 있어 귀여운 건 사랑의 정점을 나타내는 말이었다. 상대가 좋아지면 무슨 행동이든 귀엽게 보인다. 그러면서 문득 내가 지금 사랑을 하지 않고 있다는 걸 깨달았다. 휴대폰 액정에 비친 내 모습이 아주 찐따가 따로 없다. 사랑하는 사람이 곁에 없으니 귀여워할 것도 없고 스마트 폰에 있는 존재는 일종의 도파민처럼 아주 잠깐 나를 위로해주고 사라진다. 이런 생각을 하니 괜히 쓸쓸해지는 느낌이다. 하지만 귀여운 게 우주 최강이라는 생각은 변함없다. 나는 내일도 비버가 집을 짓는 영상을 볼 거니까. 그러다가 당신이라는 존재가 짠! 하고 나타나 내 귀여움의 영역을 모조리 차지해주었으면 좋겠다. 이런 바보 같은 상상을 하는 내가 여전히 미련하지만, 사랑이 없는 지금의 나로선 어쩔 수 없는 노릇이다.

아아, 내게도 한없이 귀여운 존재가 있었으면.

말티즈, 다람쥐, 아기 고양이, 아기 수달, 그리고 쿼카 먹방

고향을 떠나는 남자

지구를 한 바퀴 돌고 와도 그 자리에서 변함없이 나에게 손을 흔들어주는 사람이 있다. 어드벤처 영화에 나오는 천방지축 한 캐릭터처럼 세상은 이렇더라, 거긴 어떻더라 조잘거리면 당신은 가만히 귀를 기울이며 밥을 짓는다. 포슬포슬한 쌀알 위에 갓 만든 반찬을 올려 한 입 베어 물면 모든 피로가 사라지는 기분이 든다. 사실, 조금 눈물도 날 뻔했다. 세상은 생각보다 잔혹했고, 행복했던 것만큼 아팠기 때문이다. 하지만 그건 검은 천막으로 덮어두었다. 상처는 충분히 아물었으니 아무렴 된 것이다. 무엇보다 나의 행복을 당신의 행복으로 여기는 걸 잘 알기에 나는 울지 않고 묵묵히 목구멍으로 당신의 사랑을 넘겼다.

참 달고 맛있었다.

나는 진정 모험을 하고 있는 걸까? 요지부동할 것 같던 인생이 송두리째 변하고 있다. 두렵지만 당신에게만큼은 꿋꿋이 낭만을 좇는 아이처럼 해맑은 미소를 보이고 싶었다. 나 또한 당신의 행복이 내 행복이기 때문이다. 알게 모르게 성장하고 있었고 보이지 않은 곳에 굳은살도 한껏 생겼다. 내가 더는 떠돌지 않고 한 곳에 인생을 정착하게 되면 그때 그동안 있었던 일을 모두 말해도 되지 않을까.

　아니, 어쩌면 당신은 이미 모든 걸 알고 있을지도 모른다.

　당신에게, 또 사랑하는 누군가에게 우직한 사람이 되고 싶다는 생각을 한다. 묵묵히 이 자리에서 내 사람을 응원하고 많은 걸 바라지 않으며, 시간의 틈에서도 아무런 이질감 없이 나의 고행을 이야기를 할 수 있는 것. 이런 바람이 나를 더 열렬히 살게 하고 변하지 않게 하고 있다. 당신이 차려준 밥을 먹고 나는 다시 세상을 모험하고 있다. 시간이 지나 다시 고향에 도착하면 그저 웃으며 행복한 여행이었다고 말하리.

　당신의 미소를 보면 나는 그걸로 족하다.

아주 차분한 상태

　행복도 결국 이기심인 걸까. 선선한 여름밤. 난간에 턱을 괸 채 하염없이 생각했다. 행복하려고 하는 모든 행동이 욕심인 걸까 하고. 하지만 이건 너무 염세적이지 않은가. 그냥 행복할 수도 있지 무슨 자격이 필요한지. 한때 칠렐레 웃으며 긍정적이었던 때를 떠올리면 괜히 한숨만 나온다.

　욕심이라는 단어를 줄곧 미워했기에 매번 나를 경계하며 살아왔다. 도를 지나치다 넘어진 적이 어디 한둘이었나. 무엇보다 욕망에 지배당하면 현실과 괴리가 일어나기에 나는 오늘 하루를 더 충실히 보내는 것으로 나를 위로했다.

　누군가는 말한다. 욕심이 없다면 더 나아갈 수 없다고. 이 말이 틀렸는가? 나는 욕심이 없는 사람만큼 매가리가 없는 것을 못 봤다. 무언가를 쟁취하려는 욕구는 곧 삶의 에너지다. 그래서 욕심을 경계하면서도 욕심을 추구하려 하는 것이다. 하지만 이 양가감정에서 갈피를 잡지 못할 때도 있다. 그래서 운전을 하다, 양치를 하다, 밥을 먹다 울상을 짓는 것이다. 정말 지금 잘하고 있는 게 맞냐고.

내 나이 서른하나. 나름 잘 살았다고 말할 수 있을 만큼 자부심을 갖고 있지만, 내 눈은 자꾸 나보다 앞선 사람을 향해 간다. 돈이 없어 치킨 한 마리를 무서워했던 때가 불과 3년 전인데 왜 나는 현실에 만족할 수 없을까. 감정적으로 변하지 않기로 하자. 경험상 감정적인 상태로 욕심을 지닐 때 제일 넘어지기 쉽고 쓸데없이 실수를 남발했다. 실로 후회하기 좋은 텐션이다. 그러니 욕심은 지니되 차분한 이성을 유지하자. 그럼 이렇게 바닥에 나를 두고 중립적인 생각을 할 수 있을 것이다.

종종 친구와 축구게임을 하고 팔굽혀펴기를 끝낸 뒤 유튜브를 보다 자는 하루. 그렇게 적당한 변명을 하면서 인생을 살아가고 있다. '정말 내가 괜찮은 걸까' 하고 생각에 잠길 때도 있지만, 하루가 다시 시작되면 나는 무지의 상태가 된다.

어쩌면 바보로 살아가는 게 편할지도.

오징어 회

나는 오징어 회를 사랑한다. 소울푸드라고 할 정도로.

오징어는 초여름과 한겨울이 제철이다. 11월부터 2월, 7월부터 8월까지 싼 가격에 회를 마음껏 즐길 수 있는 기간에 나는 아끼는 사람과 종종 술 한 잔을 기울인다. 하지만 내가 말하는 '종종'은 기껏해야 한 달에 한 번꼴이다. 그러니까 제철 음식을, 그것도 소울푸드인 오징어를 마음껏 즐기는 건 아니라는 뜻이다.

봄이 된 지금, 횟집 수족관에서 오징어는 사라진 지 오래고 '봄 도다리 개시!'라는 문구가 적힌 포스터만 벽에 잔뜩 붙어져 있다. 이제는 금값이 된 사랑. 그래, 나는 제철 때 어딜 가든 보이는 녀석을 보고 안일해졌는지도 모른다. 날이 따뜻해지는 것도 모르고 입에 치킨을 문 채로 말이다. 이렇게 다시 여름을 기다려야 한다. 왜 조금 더 사랑해주지 못했을까? 메뉴판에서 사라진 오징어 회를 보며 심심한 입맛을 다진다.

나는 제철이라는 말을 좋아한다. 우선 이 단어는 어디에 붙여도 예쁘장하다. 사랑의 제철, 노력의 제철, 오징어의 제철 등. 특히 사랑의 제철은 꽃이 만개한 봄이 머릿속에 그려지는 듯하다. 그간 내가 놓친 무르익은 것들을 생각해본다. 거두절미하고 제철이라면 무지막지하게 만끽해야 하거늘, 이리저리 고민만 하다 보면 그 시기를 놓칠 수도 있다. 때를 놓치지만 않아도 후회는 반절 사라진다. 그리고 마음껏 만끽하면 군소리 없이 다음 시기를 기다릴 수도 있다. 앞서 말한 사랑도 마찬가지. 안일해지고 살피지 않으면 내가 모르는 사이에 상대는 점차 곁에서 사라질지도 모른다. 우리는 정녕 제철을 굽이굽이 살피고 있는 걸까?

살다 살다 이제는 오징어로 인생을 배운다. 이 대체 무슨 일인가. 어찌 됐든, 지금 내 옆에 있는 당신을 더 애정하고 보살피기로 다짐한다. 가족, 연인, 친구, 동료 모두 제철에 만난 인연이니까. 사전을 찾아보니 제철의 뜻은 '알맞은 시절'이란다. 우린 서로의 시절이 잘 포개어져서 만난 것이니 변화한 계절을 유연히 마주하고 다시 오징어가 풍성해지는 시기를 마주하자. 그리고 기회가 된다면 달달한 녀석을 듬뿍 떠서 그대의 입에 넣어주리.

당신은 사랑스러운 얼굴로 그저 맛있다는 말 한마디만 내게 해주면 된다.

나의 새로운 플러팅
"오징어 회 먹으러 갈래요?"

아버지와 라디오

　운전을 하다 플레이리스트에 권태가 와 오랜만에 라디오를 틀었다. 몇 년 만에 라디오를 듣는 거더라, FM 주파수를 이리저리 맞추며 귀를 기울여본다. 겨울밤. 도로는 어두웠고 나지막한 DJ의 목소리를 통해 여러 사연이 들려온다. 나는 아무런 생각도 하지 않은 채 라디오를 들으며 묵묵히 도로 위를 달렸다. 공허한 마음이 들면서도 그 어느 때보다 편안한 감정이 느껴진 건 어른이 돼서일까. 빨간불에 브레이크를 밟다 문득 아버지가 떠올랐다.

　아버지의 차는 대우의 칼로스. 15년을 탄 아주 오래된 차였다. 그는 항상 라디오를 틀고 운전을 했다. 어렸을 때 터널에 들어가면 지지직- 끊기는 라디오 소리가 제대로 나올 때까지 숨을 참고 있으면 소원이 이루어지는 줄만 알았다. 그땐 폐활량이 좋았는지 곧잘 성공했다지. 혼자 식식 숨을 고르는 나를 보며 아버지는 뭐하냐며 귀여운 핀잔을 주곤 했었다.

실시간 교통 방송과 유쾌한 광고 소리 그리고 라디오 특유의 감성은 예나 지금이나 여전하다.

사랑하는 가족을 차로 데려다주고 돌아오는 길에, 그러니까 홀로 운전대를 잡았던 그 시간에 그는 어떤 생각을 했을까. 멀쩡히 살아도 이리 고민할 것이 많은데 두 아이를 키우는 아비로서 앞날에 대한 걱정이 산더미처럼 있지 않았을까. 아무것도 모르는 아들은 코가 찡해 급히 눈살을 찌푸렸다. 그의 지난 시절이 눈에 겹쳐서였다. 항상 마트에서 먹을거리를 가득 사들고 와 나에게 짐을 가지고 가라던 아버지. 수능 날, 잘할 수 있다고 응원해주시며 교문 앞까지 태워주었던 아버지. 대학교 가는 길이 멀어 항상 중간 버스정류장까지 태워주었던 아버지. 아르바이트에 지각하지 않게 커피숍까지 나를 데려다준 아버지. 그는 항상 우리 가족에게 "아빠가 태워줄게"라는 말을 서슴없이 했는데 이제 와서 보니 그게 다 사랑이더라. 그것도 무지막지한 사랑 말이다.

생전에 물어보지 못한 것이 많아 이리 가늠만 하며 슬픔에 잠기는 내가 참 밉다. 나도 아버지를 태우고 이리저리 다녔으면 참 좋았을 텐데. 주차를 하고 집으로 걸어가며 축 처진 어깨를 느낀다.

언젠가, 부산 기장 쪽에서 아버지에게 운전을 배웠을 때가 생각난다. 경상도 특유의 잔소리 톤으로 호되게 혼난 기억뿐이지만, 나는 왜인지 운전석에 앉았을 때 느낀 포근함이 잘 잊히지 않는다. 온 힘을 다해 운전대를 잡았던 그의 노고와 마음이 느껴져서일까. 오래된 가죽과 차에 베인 그의 향이 새삼 그립다. 아버지가 떠나며 그 차도 폐차장으로 향했지만, 나는 아직도 길을 걷다 대우 칼로스를 보면 발걸음을 멈춘다. 이 차를 유별나게 좋아했던 아버지가 생각나서.

아버지, 저도 이제 운전을 하는 어른이 됐어요. 라디오를 듣다가 갑자기 생각나서요. 제가 있는 서울의 밤은 참 춥습니다. 이번 설에 옆에 엄마와 누나와 삼촌을 태우고 아버지 보러 갈 거예요. 하고 싶은 이야기가 많은데 그건 그때 가서 할게요. 궁금하면 꿈에 나와도 좋고요.

곧 만나요. 우리. 많이 보고 싶어요.

그리움에도 축적이 있다.

하나 둘. 이렇게 회상이 지속되면 슬픔은

점점 무거워져 어느 날 부표처럼 수면 위로 떠오른다.

사람은 그때 운다.

나의 궤도

    나는 아직 철부지에 머물고 있어 노는 거 좋아하고 적게 일하고 많이 벌고 싶은 마음에 종종 잔재주와 꾀를 부리기도 한다. 비교는 또 잘하는지, 잘되는 사람을 보며 열심히 나를 끌어올렸고 지기 싫은 마음에서라도 악착같이 일했다. 돌아보면 정말 열심히 산 인생인 것이다. 얼마 전, 동료와 삼겹살에 소주를 마시며 인생 이야기를 하는데 내가 그리 패자 같지 않아서 참 다행이라고 생각했다. 실제로 과거에 비하면 정말로 괜찮은 일상을 보내고 있기 때문이다. 미비하지만 천천히 성장했고 앞으로 더 나아갈 것을 믿어 의심치 않는다. 한없이 비교만 하는 바보 페르소나가 종종 나를 괴롭히겠지만, 고착과 열등감은 내게 곧 연료이니 아주 영악하고 고묘하게 이것들을 이용하리라 말할 수 있겠다.

클래스를 하던 중, 어느 작가님이 말했다.

"내년에는 저의 궤도를 찾고 싶어요."

그때 나는 생각했다.

지금 나의 궤도는 안정적일까. 불안정하다면 어느 방향으로 키를 돌리고, 속도는 어느 정도 조절해야 할까. 한참을 고민하다 이런 결론을 내렸다.

나에게 안정궤도란, 성실히 일하고 결실을 당연히 여기지 않으며, 감사할 줄 알고 겸손하며, 불필요한 논쟁을 하지 않고, 사과할 줄 알고, 뜨거운 사랑을 나누고, 어디론가 훌쩍 떠날 수 있는 여유를 가진 삶이다. 다시 말하자면 내가 바라는 궤도는 '안정적인' 일상이다. 하지만 균형을 잡으며 사는 게 가장 힘든 일이니 마치 호수 위의 '오리'처럼 살아야 하지 않을까 싶었다. 겉보기엔 물 위를 유유히 떠다니는 것 같지만, 엄청난 속도로 발을 움직이는 하얀 오리처럼 말이다.

그래, 우린 모두 오리다. 다들 즐기면서 행복하게 사는 줄만 알지 우리가 얼마나 치열하게 사는지 저기 저 사람들이 알 리가 없다. 그러니 나부터 나를. 제발 타인에게 인정을 바라지 말고, 모든 세월을 알고 있는 내가 먼저 내 노고를 알아야 한다. 삶의 궤도를 맞출 수 있는 유일한 키는 내가 가지고 있더라. 의지하는 삶보단 자립심을 가득 안고 살다 보면 우리도 발을 움직이지 않고 유유히 헤엄칠 수 있는 백조가 될 수 있지 않을까.

이런 철부지의 한탄도 궤도의 방향을 조금씩 바꿔주고 있으니 깊은 사색에 잠기는 걸 두려워하지 않기로 하자. 우린 끝끝내 원하던 궤도를 찾을 수 있을 것이다.

어찌 보면 걱정을 하고 계획하는 것 자체가
안정궤도를 위한 방향 수정이 아닐까 싶네요.
우리도 멋진 궤도를 그릴 때가 올 겁니다.

사라진 오감

　사람에게는 오감이 있다. 그리고 그중에서도 자신의 뛰어난 감각을 사랑하는 사람이 있다. 당신은 낯선 환경에서 무엇을 가장 먼저 느끼는가. 너무 바빠 살다 보면 영특했던 감각이 무뎌져 아무것도 느끼지 못하게 된다. 음식을 먹어도 그냥 삼킬 뿐이고, 바람을 만끽하지 못하고 추악한 냄새만 맡아질 때. 무언갈 느끼더라도 아무런 감흥을 느끼지 못할 때 인생은 모래처럼 퍽퍽해져 지루해진다.

　사람은 감각에 의존할 때 가장 순수해진다. 지금 하고있는 일을 잠시 멈춰두고, 휴대전화도 그만 주머니에 넣고 죽어있던 감각을 일깨워보자. 바람을 좋아하고, 음식을 음미하며 계절의 향기를 사랑하던 사람은 어디로 갔는가. 애정했고 아끼던 것을 떠올리면 긴장된 어깨는 자연스레 풀려 평화에 도달할 수 있을 것이다. 조금 더 행복해지고 싶다면 잊고 있던 감각을 떠올려보자. 고개를 올려 하늘도 보고, 음식도 꼭꼭 씹어 삼키고, 그 사람의 손길을 온전히 느껴보자. 바람은 여전히 제각각이고 세상에는 다정한 소리도, 은은한 향도, 아름다운 풍경도 많다.

오늘 나는 무엇을 느꼈는가.
고개만 숙이고 살았던 암흑의 날을 떠올려보라.
오감을 잃은 당신의 마음이 메말라 쩍쩍 갈라지고 있다.

우선 어깨를 펴시고요. 스마트 폰을 잠시 가방에 넣어두세요.
오늘 날씨를 오감으로 이해하고 계절에 맞는 행동을 하나씩 하다 보면
상쾌한 기분이 들 거예요. 아주 오랜만에 느끼는 산뜻함은
우릴 평온하게 만들어주니 이것조차 안하면 당신을 바보라고 놀릴 거예요!

돌아갈 채비

장소와 계절은 사람을 종종 무너트린다. 친구는 헤어진 연인과 자주 만났던 합정역 5번 출구 바라보지 못하고 반대편으로 발걸음을 옮긴다고 했다. 봄이면 더더욱 그렇다고. 고향에 와 동네 한 바퀴를 돌고 있으니 알 수 없는 기분에 휩싸인다. 이게 나이를 먹어서 그런 건지 아니면 삶이 불안정해서 그런 건지. 졸업한 학교, 도서관, 가게, 공원, 다리. 어딜 가도 어릴 적 내 모습이 겹치니 벌써 이렇게 자랐구나, 하면서 되돌아갈 수 없음에 작은 탄식을 내뱉어보는 것이다.

저기 딸의 자전거를 밀어주는 아버지. 떡볶이를 포장하는 아주머니, 킥킥 웃으며 친구와 걷고 있는 학생이 보인다. 모두 각자의 자리에서 자신의 역할에 맞게 삶을 살고 있겠지. 괜히 엄살을 부리는 것 같아 그만 현실을 수렴하기로 한다.

5월의 초엽과 늦게 저무는 해는 사색에 잠기기 좋다. 인간은 살면서 그리운 것 하나쯤은 가슴에 품고 살아도 괜찮다고 하지. 친구처럼 피하고 싶은 음의 기억이 있지만 가끔은 그리움에 온몸이 젖는 것도 나쁘지 않다고 생각한다. 어차피, 우린 끝내 괜찮아질 테니까. 시간이 지나면 아주 조금 따끔할 뿐, 아무렇지 않게 이곳을 거닐게 되겠지. 그 친구도 머지않아 괜찮아지지 않을까.

짧은 산책에서 많은 것을 느낀다. 저 사람들은 행복할까. 우린 행복할 수 있겠지. 맞아. 나도 행복해야지. 일상으로 돌아가기 전에 마음을 가다듬어본다.

장소와 계절은 사람을 무너트리기도 하지만 종종 살게도 만드는가 보다.

종교

나는 종교가 없다. 그렇다고 나를 철석같이 믿는 건 아니지만 아직까지 무언가를 진심으로 믿어본 적이 없다. 근데 기도는 한다. 일이 틀어졌을 때나 실수를 했을 때 또는 이별이 눈앞에 다가왔을 때 주름이 질만큼 눈을 감고 두 손을 모아 기도를 하기 때문이다. 그렇다면 나는 누구에게 기도를 한 걸까. 시간이 지나고 간절히 빌었던 바람이 거의 이루어지지 않았다는 걸 알았을 때 나는 그 무엇도 원망하지 못했다. 결국엔 일어날 일이라는 걸 알았기 때문이다.(순리라는 말을 그때 제대로 알게 됐는지도 모르겠다.)

어쨌든, 오늘은 오랜만에 아버지를 만나러 밀양에 가 좋아하셨던 도다리 회를 초장에 듬뿍 찍어 드리고 소주도 한 잔 올려드렸다. 그리고 절을 올리며 기도를 했다. 뭐, 건강이나 성공 같은 것이었는데 문득 이것도 다 부질없을 것 같다는 생각이 들어 꿈에나 한번 나와 달라는 말을 조용히 읊조렸다.

'건강이나 성공은 결국에 제가 해야 하는 거더라고요, 아버지.'

삶의 기행에서 나는 앞으로 얼마나 더 많은 기도를 하게 될까. 지금이야 잔잔한 일상을 보내고 있어 쉽게 두 손을 모으지 않지만 언젠가는 눈물 콧물을 쏟으며 누군가에게 처절하게 빌 때가 올 테다. 종교가 없는 나. 멍하니 하늘을 바라보며 조금은 두렵다는 생각을 했다. 무언갈 믿는 건 삶에 아주 큰 안식이 생기는 것이구나. 하지만 본디 인생은 버티는 일이 아니었던가. 이렇게 믿음의 여지를 남기다 보면 나도 언젠가 편히 기댈 수 있는 듬직한 존재가 생기지 않을까 싶다. 막연하지만 그래도. 그래도.

나는 아직도 두 손을 모으는 게 쉽지가 않다. 혼자 버티는 게 취미라서 그런가 보다. 모순덩어리. 버티는 것밖에 할 줄 모르면서 괜히 고집을 피우는 아이 같은 놈. 대체 내게 무엇이 필요한 걸까. 시간이 필요한 걸까, 사랑이 필요한 걸까. 답을 알 수 없기에 이렇게 가만히 서 있을 수밖에 없다. 어떤 하나를 바보처럼 믿다 보면 마음의 짐을 조금은 내려놓을 수 있을까.

아버지가 나라면 어떻게 하셨을 거예요?

마음이 점점 약해진다

자주 가던 반찬가게 아주머니는 총각김치를 아주 잘 담그셨다. 자연스레 단골이 된 건 엄마의 손맛과 비슷했기 때문이다. 어느 날부터 가게 문이 닫혀있어 내심 걱정했는데, 얼마 뒤 맞은편 큰 가게로 자리를 옮기신 아주머니를 보곤 안도의 한숨을 쉬었다.

'이순금 반찬가게'

노란색 간판에는 큼지막하게 아주머니의 이름이 적혀 있었다. 새로운 곳으로 옮겼으니 매출을 올려드리는 게 단골의 사명이 아닌가. 나는 부채질을 하고 있는 아주머니에게 가서 말했다.

"이모, 총각김치 오천 원어치랑 미역 줄기랑 오징어볶음 하나 주세요."

"총각, 오랜만이네."

"네, 요즘 너무 바빴네요."

푸근한 미소를 지으며 김치를 봉지에 담는 아주머니에게 "큰 데로 가게 옮기셨네요."라고 말하니 물개박수를 치신다.

"어휴, 드디어 옮겼어. 얼마나 오래 걸렸는지…."

몇 초 고민하다 용기 내어 고생하셨다는 말을 하니 아주머니는 이제야 편하게 일할 수 있다며 반찬이 더 맛있어질 테니 자주 오라는 농담을 하셨다. 나는 왜 거기에서 눈물이 핑- 돌았을까. (진짜 잘 운다) 잠시 고개를 돌리고 두툼한 봉지를 손에 쥔 채 서둘러 집으로 돌아왔다.

집에 와서 반찬 통에 김치를 담는데 안이 가득 차 다 들어가질 않는다. 역시 인심이 좋으시다. 손으로 총각김치를 들고 한 입 크게 베어 먹었다. 콰드득- 콰드득-. 감칠맛이 나는 최고의 김치다. 저녁 9시. 고요한 집 안에서 김치 씹는 소리만 들린다. 그때 엄마 생각이 났다. 고생한 우리 옥 여사. 내가 아까 울음이 차올랐던 건 아마 순금 아주머니의 쭈글쭈글한 손에서 우리 엄마 손이 떠올랐기 때문이다. 그냥 반찬만 살 수 있었는데 나도 참 실없는 사람이다. 부산에 내려간다면 엄마 손을 꼭- 잡고 있어야겠다는 생각을 했다. 자식을 위해 오랫동안 김밥 장사와 마트에서

일한 그녀의 손 주름에는 사랑과 희생이 스며들어 있다. 볼에 손을 가져다 대고 엄마의 사랑을 가득 느끼고 싶은 밤이었다.

요즘은 그렇다. 점점 마음이 약해지는 기분. 나는 아무렇지 않은 일에 눈물을 절절 흘리고 큰 시련에는 눈 하나 깜빡하지 않는다. 나약하고, 인간답고, 따듯한 것에 반응하는 건 내가 너무 각진 인생을 살고 있기 때문이겠지. 뚜껑을 겨우 닫으며 순금 아주머니가 행복했으면 좋겠다고 생각했다. 기회가 된다면 "아주머니가 만든 반찬에는 사랑의 힘이 있어요!"라고 말해주고 싶다. 하지만, 그건 너무 오버겠지?

바쁜 일상으로 총각김치는 냉장고 안에서 빠르게 쉬어갔다. 나는 뒤에서 누가 쫓아오는 사람처럼 정해진 하루를 보내기 급급했고 언젠가 쉬어있는 김치를 보곤 굳은 일상을 한 번 뒤돌아볼 수 있었다. 나는 생각한다. 가끔 순금 아주머니 같은 따스한 것들이 내게 찾아와 주었으면 하고.

그땐 고개를 돌리지 말고 그냥 울어 버려야겠다. 나에게 왜 울어요? 라고 물으면 "그냥 이 순간이 너무 따뜻해서요."라고 말해야지. 내게 더 많은 온기가 찾아왔으면 좋겠다.

강한 것 같지만 당신도 나처럼 아무것도 아닌 것에 눈물을 흘리시죠?

우울의 침공

　우울은 외계 종족 같다는 생각을 한 적이 있다. 평화로운 지구에 갑자기 찾아온 미지의 생물. 그건 한 번도 겪어보지 못한 것이라 나를 속수무책으로 만들어 마음을 쑥대밭으로 만들어 버린다. 나는 그때 암전이 된 도시가 된다. 어느 불 하나 켜지지 않은 어둠의 상태. 우울은 기고만장하여 나를 집어삼키려 했지만, 인간이라는 존재는 발악이 곧 무기인 생물 아닌가. 울기 바쁜 와중에도 일상을 되찾으려는 노력은 일상 곳곳에서 조용히 일어나고 있었다.

"진짜 어떻게 해야 할지 모르겠다."
양은 냄비에 라면을 끓여 먹으며 홀로 내뱉은 말이다.

우울에도 종류가 있다니 처음 맞이하는 이 기분에 도통 적응하지 못했고 이겨냈다고 한들 다시 마음을 재건하는 데에는 오랜 시간이 걸릴 터였다. 무기력함에 침대에 누웠지만, 기어코 몸을 일으켜 운동을 했고 청소를 한 뒤 일기를 썼다. 그렇게 침공의 끝자락에서 분주히 내실을 다진다.

몇 주 뒤. 평화를 되찾았을 때 나는 마음에 드센 기둥을 세우리라 마음을 먹었다. 쉽게 말하면 우울 방어체제를 구축하는 것이다. 메모장을 켜서 내가 이번 전쟁에서 승리할 수 있었던 이유를 적어 본다.

<나의 무기>
1. 몸을 가만히 놔두지 않았다.
2. 술과 음식에 소비를 아끼지 않았다.
3. 끊임없이 전투를 했다. (우울하지 않으려고 매 순간 사력을 다함)
4. 어차피 이길 거라는 이상한 믿음이 있었다.

<나의 착오>
1. 아무에게도 의지하지 않았다.
2. 숙면을 위한 노력이 없었다.
3. 쓸데없이 외로움을 더 크게 느꼈다.
4. 아무런 대비조차 하지 못한 상태였다.

이렇게까지 할 필요는 없지만 나는 다음번에 찾아오는 우울을 쉽게 제압하고 싶은 마음이 컸다. 실제로 일상이 초토화가 됐을 때 모든 바이오리듬이 망가졌고 무엇보다 쓸쓸함이 이루 말할 수 없을 정도로 컸기 때문이다. 나는 먼저 우울을 토로할 수 있는 사람을 떠올렸다. 예상외로 몇 명 있어 서둘러 그들의 이름을 메모장에 적어두었다.(내가 SOS를 치면 날 꼭 도와주길) 그리고 숙면을 위한 이불 교체와 외로움을 느끼지 않기 위한 몰입 거리, 오늘 더 행복해야 한다는 마인드까지 장착하기 이르렀다. 이건 내 나름의 대비로 견고한 멘탈을 위해 반드시 필요한 것이었다.

자, 그래서 나는 어떻게 됐을까?

애석하게도 기이한 우울이 또 나타나 나를 멸망 직전까지 이끌었다. 하지만 내가 어디 죽을쏘냐. 나는 생의 끈만큼은 놓지 않을 것이라 그 개 같은 우울을 모조리 죽음으로 이끌고 이렇게 승리의 진취서를 쓰고 있다. 이 글을 쓰고 있는 지금, 왠지 호흡이 가빠지는 기분이다. 언제든 우울의 침공은 다시 일어날 것이기에 나는 또 다른 무기로 그들을 맞이할 것이다. 이것이 참된 전사의 마음인가? 주먹을 불끈 쥐면 못할 일이 없다. 다시 찾아온 평화가 더 달게 느껴지는 오늘. 저 멀리 있는 당신에게 묻는다.

"당신의 세계에는 어떤 우울이 침공했나요?"

"지금 폐허에서 살고 있나요? 재건을 하고 있나요?"

"그렇다면 당신의 기둥은 무엇인가요?"

떠오르는 게 있다면 나에게 알려주길 바란다.

그리고 우리 절대로 우울에 지지 않기로 하자.

살자, 살아서 더 행복해지자 우리.

그냥 불안한 것들

꼭 이유가 있어야 불안한 것은 아니더라. 인간은 본질적으로 불행을 두려워하니 이유 없이 몸이 움츠러들 때가 있다. 행복하면 할수록 더 그렇다. 내가 이래도 되나 싶은 생각에 기쁨에서 뛰어내리는 것이다. 제대로 행복할 줄 모르는 사람은 얼굴에 불.안 이라는 두 글자가 쓰여 있는 것 같았다. 거울 속에 비친 나 또한 마찬가지. 충분히 행복을 만끽할 수 있음에도 불구하고 또다시 찾아올 불행에 한껏 쫄아 나를 사지로 몰다 보니 작은 실 하나에 놀라고 사소한 실수에 휘청거린다. 이게 맞을까? 불행하기 싫어 이리 열렬히 사는 것인데 왜 다가오지도 않은 걱정을 내게 일어난 일처럼 치부할까. 이것을 나름의 방어기제라고 하는 게 맞을까? 그렇게 포장한다고 한들 결국 무엇을 막았다는 것인

가. 불행은 화살이 아니라 소나기처럼 삶 전체를 젖게 만드는데. 이유 없이 불안해하는 나를 볼 때면 꼭 한 마리의 유기견 같다는 생각을 했다. 정처 없고, 날이 서 있으며 도망가기 바쁜 존재.

내면에 큰 상처가 있어도 우린 더 잘 살아낼 수 있다. 과거에 시련으로 숨을 껄떡일 때를 떠올려보라, 그때는 지금 죽고 사는 지를 운운했는데 지금은 평온히 커피를 마시고 있는 당신이다. 결국은 다 괜찮아지는 거다. 뻔한 말이지만 결국은, 그래도.

하지만 이유 없이 불안한 건 불가항적인 일이다. 나는 불행과 행복의 총량을 믿어 행복한 만큼 불행할 수도 있다고 생각하는 사람이다. 그렇다면 지금도 매서운 속도로 나를 향해 오는 시련이 있지 않겠는가. 물론, 어제보다 더 단단해진 내가 무릎에 힘을 주어 잘 버텨낼 수도 있지만, 불행만큼 오는 행복을 만끽하지 않는다면 결국 삶은 우하향할 것이다. 그래서 불안을 불안해하는 만큼 행복에도 충분히 젖을 줄 알아야 한다. 걱정은 채찍 같은 거라 나태한 나를 움직이게 하고 조금 더 꼼꼼한 사람이 되게 만든다. 그 이점을 잘 이용하면 내 삶을 전략적으로 이끌어갈 수 있지 않을까.

당신과 내가 가지고 있는 걱정의 80%는 허상이다. 허상은 그림자. 존재하지 않음에 두려워할 필요가 없다. 빛에 반사된 그림자가 커 보인다고 우리가 그걸 실재한다고 믿던가. 오늘의 내가 주어진 하루에 충실했다면 당신은 아주 잘 살아낸 것이다. 먹고 싶은 거 먹고, 기분 좋은 일이 있다면 혼자서 그 행복을 읊조릴 줄 아는 사람이 되자. 행복할 때 불행이 찾아오는 걸 추락이라 여기지 말고 이 행복의 수명은 여기까지인가 보구나, 하며 다음 행복을 차분히 기다리면 된다. 불행할 때 더 바지런해지고 고군분투하는 우린 금방 무너진 나를 바로 세울 수 있을 것이다.

다시 한번 말한다.

당신이 가진 걱정은 신기루다.
눈앞에 왔을 때까지 절대 믿지 마라.

숲의 끝에서 다짐합니다

　실수를 사랑하는 사람이 되자. 아이가 넘어졌을 때 혼자 일어
날 수 있다며 응원을 해주는 것처럼 우리도 삶이 처음이니 작은
실수는 도려 박수를 쳐주며 격려해주자. 그 사람이 미안하다고
하기 전에 괜찮다고 말하고 안아주면 고마움에 더 큰 다짐을 하
게 하고 내 모난 부분도 이해받을 수 있을 것이다. 나는 빼곡히
채워진 책장보단 몇 권이 비어있는 여백이 좋다. 서툼은 강아지
가 된 것처럼 빈틈에 들어가 몸을 돌돌 말고 싶은 충동을 만들기
에 나는 그 사람의 결점과 작은 실수를 애정하기로 마음먹었다.
홀로 상처받는다고 한들, 질타하는 마음보다 헛배 낫다. 누군가
를 탓하고 미워하는 감정이 앞으로 내게 존재하지 않았으면 좋
겠다. 그저 안온한 사랑만 하고 싶어라. 영원히, 영원히.

나쁘지 않게 살아온 당신의 삶을 멀리서 보니
참, 장관이군요.
우리 슬픔은 바다, 기쁨은 숲이라 생각합시다.
그 자연이 어우러진 세계가 바로 당신이니
아름답지 않을 수가 있나요.

애정하는 당신에게

안녕하세요. 신하영 작가입니다.

이곳은 제주, 지금은 고요한 새벽이에요. 원고를 마무리하다 갑자기 이렇게 편지를 쓰고 싶어서요. 책은 어떠셨나요? 혹시 지루하진 않으셨나요? 정말 수도 없이 읽고 수정했는데 마음에 드는 글이 하나라도 있다면 노여움은 푸시고 이 책을 품에 한 번 안아주길 바랍니다. 제게 있는 모든 온기를 여기에 담았거든요. 작가는 독자의 칭찬을 먹고 무럭무럭 자라니 좋은 책이었다 한 번 생각해 주시면 저는 그것으로 만족합니다.

모든 걸 쏟아내서 그런지 왠지 마음이 헛헛하네요. 책을 쓴다는 건 미친 듯이 사랑을 한 것처럼 진한 여운과 방전을 남겨 지금 제 입술은 퍼석 말라 있습니다. 이 글을 쓰고 맥주를 마셔야겠어요. 침대에 누우면 파도 소리가 들리겠죠? 완성했다는 후련함보단 더 잘 해내지 못했다는 생각에 몸을 뒤척일 거예요. 이 책에서 당신에게 전한 위로를 제게 덧씌울 차례죠. 사실, 저는 저를 위해 글을 쓴답니다. '살기 위해 쓴다'라고 해도 과언이 아닐 정도로 작문으로 삶을 버티고 있어요. 하지만 이건 엄연한 자기애이며 세상을 밝게 살아가고 싶은 희망입니다. 그러니 전 내일을 더 행복하게 살 수 있어요. 제가 이렇게 마음을 먹고 당신에게 온기를 전하고 있잖아요.

사랑과 이별을 겪으며 가을처럼 무르익어가는 독자님. 모진 풍파 속에서 우린 단단해질 거지만 결국엔 어릴 때처럼 눈물도 많아질 거고 더 헤퍼질 거며 고집도 세질 거예요. 그래서 전 어른이 된다는 건 점점 어릴 때로 퇴행하는 일이라고 생각합니다. 순수하고 참으로 맑았던 때. 바람 소리 하나에 빨빨거리며 웃던 그때를 그리워하면서 말이죠.

제가 이 책의 제목을 '세상에서 가장 다정한 이야기'라고 정한 이유는 어른을 위한 따뜻한 동화를 만들고 싶었기 때문이에요. (그래서 숲을 표지로 사용하기도 했고요!) 전 당신에게 한없이 다정하고 싶은 사람. 그러니 부디 이 삶이 추락해도 따뜻했던 때를 기억하며 꿋꿋이 자존을 지키며 살아가 주세요. 여기서 느낀 다정함이 있다면 사랑하는 이에게 전해주는 것도 좋겠네요.

그렇게 우리 숲처럼 사계절 내내 아름다운 사람이 됩시다. 그리고 저의 세계에 놀러 와 주셔서 감사합니다. 모쪼록 행복한 여행이었으면. 괴롭고 쓸쓸할 때 언제든 찾아오시면 작은 오두막에서 제가 두 팔 벌려 환영하고 있겠습니다.

많이 애정합니다.

쓸 수 있는 삶을 살아가게 해주어서 고마워요.

ps.

이 책을 완성할 수 있게 십시일반 도와준
우리 딥앤와이드 식구들과
세상에서 제일 예쁜 표지를 그려주신 양지바른 작가님.
그리고 내 사람들에게 이 책을 바칩니다.

마지막으로 하영아.
졸린 눈을 비비며 모니터 앞에 앉아있던
그 인고의 시간을 잊지 말자.
너도 결국 위태로운 사람.
그저 남들보다 조금 비범하게 위로를 건넬 뿐이야.

고생했어. 사랑해.

세상에서 제일 다정한 이야기

1판 1쇄 발행 | 2022년 11월 01일
1판 7쇄 발행 | 2023년 09월 12일

| 저자 | | 신하영 |
| 표지 그림 | | 양지바른 (@yangjibaren) |

펴낸곳		Deep&Wide
발행인		신하영 이현중
책임편집		신하영 이현중
도서기획		신하영 이현중 윤석표
주소		서울특별시 마포구 성미산로1길 21 사울빌딩 302호
이메일		deepwidethink@naver.com
ISBN		979-11-91369-32-8(03810)